DIE MÖWE

18 sehr kurze Geschichten

Ulrich Kulp

Palm und Enke,
Verlag, seit 1815.

IMPRESSUM

Herausgeber:	Palm und Enke Verlag GmbH
Konzept und Realisierung:	Birke und Partner GmbH, Kommunikationsagentur, Erlangen
Texte:	Ulrich Kulp
Redaktion:	Ralf Birke, Katharina Raab (Leitung)
Illustrationen:	Matthias Lehmann
Gestaltung und Layout:	Bettina Schuster
Lektorat:	Katharina Raab
Druck:	Druckerei & Verlag Steinmeier GmbH & Co. KG, 86738 Deinigen

© 2014 Palm und Enke Verlag GmbH
91052 Erlangen

ISBN 978-3-7896-1011-0

Printed in Germany

INHALT

600 NANOMETER UND MEHR

Sie drehte sich ein wenig ab vom neben ihr schreitenden afrikanischen Staatsgast und versuchte mit den Händen, die vertraute Raute zu formen, etwas tiefer als sonst, fast unterhalb der Hüfte. Es sollte niemand mitbekommen. Vor allem nicht dieser beeindruckende Präsident aus Sumabwa, dieser schwarze Hüne, der sie irgendwie nervös gemacht hatte. Die spalierstehenden Soldaten, denen sie sich damit auf der anderen Seite zuwenden musste und die das also zwangsläufig mitbekommen würden, mussten ihr in diesem Augenblick egal sein. Auch dass sie bei der Aktion mit einem Fuß vom roten Teppich abkam, war ihr egal. Hauptsache, sie fand ihre Fassung wieder nach diesem Kuss, den Makwawa Ulamba ihr am Fuß der Flugzeugtreppe zur Begrüßung auf die Wange gehaucht hatte. Ihre Fassung, die sie eigentlich nur selten verlor, hatte sie noch immer verlässlich wiedergefunden, wenn sie nur diese Raute bilden konnte – in der Nähe ihrer Körpermitte. Irgendwas summte und gaukelte in dieser Mitte herum. Sie war wie beschwipst. Was für eine Musik wandte sich da durch ihre Gehörgänge hinein in Herz und Hirn? Von Geigen kam die nicht. Eher aus den Trompeten von Jericho. Oder kamen die betörenden Klänge doch nur einfach von den Blechblasinstrumenten des irgendwo weiter hinten aufspielenden Musikkorps?
Ihre Knie wurden weich. Die Raute, die Raute! Schnell jetzt! Sie bekam die Spitzen der Finger zusammen, aber es schien zu spät. Ein süßer Schwindel ließ sie die Kontrolle über ihren Körper verlieren. Ihre Beine gaben nach und sie sah sich schon hineinfallen in die sauber aufgestellte Reihe der Uniformierten, als sie im letzten Augenblick vor der sicheren Katastrophe spürte, wie sich eine kräftige Hand um ihre misslungene Raute schloss und eine andere den Ellenbogen ihres rechten Armes ergriff und sie behutsam, aber mit entschiedener Kraft auffing und zurück auf den Teppich führte.
Sie sah auf zu ihrem Retter. Aus dieser Perspektive betrachtet, stand

die Sonne genau hinter dem Haupt von Makwawa Ulamba, der nun mitten aus diesem strahlend hellen Kreis heraus zu ihr herunter sah, direkt in ihre Augen, der sie anlächelte, als sei überhaupt nichts geschehen, mit einem Blick wie Feuer und Eis. „Nicht mal der kleine Franzose", dachte sie, „hat mich so durcheinandergebracht, nicht mal der kleine Franzose!" Und der hatte sie durchaus ein ums andere Mal irritiert.

So gingen sie vier, fünf Schritte den roten Teppich entlang, seine großen Hände um ihre Raute herum und unterm Ellenbogen. Dann, wohl als er spürte, dass ihr Tritt wieder sicherer geworden war, zog er sich galant zurück, das heißt nur die stützenden Hände. Sonst blieb er an ihrer Seite – ziemlich nah. Eigentlich ein bisschen zu nah für einen Staatsempfang. War das einfach nur das Angebot, bei einem weiteren Schwindelanfall eingreifen zu können? War das sowas wie Sitte in Sumabwa, dass man näher an Fremde herantrat als in dem Kulturkreis, in dem sie aufgewachsen war und in dem ein Mann eine Frau hatte, zumindest offiziell, und nicht mehrere wie in Sumabwa? Ihre Mundwinkel verzogen sich aus ihrem gewohnten Areal irgendwo weit unterhalb der Lippenlinie und schnellten nach oben. Ein Lächeln glitt über ihr Gesicht wie selten zuvor, als sie gewahr wurde, wo sie ihre Gedanken hintrugen – so weit weg vom Zeremoniell. Fast schien der Teppich mit ihnen abzuheben. Nein, dachte sie, das ist Orient und nicht Afrika, und musste fast lachen, als sie, sich jetzt selbst beobachtend, feststellte, dass ihr im Augenblick der Euro und die Krisen regelrecht an der Raute vorbeigingen – ganz weit vorbei. Sie ging nicht, sie schwebte. Von ihr aus hätte dieser wunderbare Teppich ausgerollt sein können bis zum Horizont und darüber hinaus. Dieser lange Läufer, der seine Farbe beim Darüberschreiten unter ihr zu verändern schien und zu dem kräftigen Rot plötzlich eine Nuance Indigo gab, nur um Sekundenbruchteile später über einen fast pflaumenfarbenen Moment und ein darauffolgendes gar nicht feines, grelles Pink, das eine strenge Zeremonie zu sprengen vermocht hätte, gerade noch rechtzeitig zurückzukehren ins tiefe Rot, das einem Staatsempfang wahrscheinlich doch am besten angemessen war, „wenn das Licht mit einer spektralen Verteilung ins Auge fällt", formulierte sie still vor sich hin, und schmunzelte und schmunzelte ununterbrochen weiter, „…mit einer spektralen Verteilung ins Auge fällt, in der Wellenlängen oberhalb von 600 Nanometer dominieren." Sie war nun mal auch Physikerin, Wissenschaftlerin – bei aller eher esoterischen Bereitschaft, sowas wie einer inneren Stimme oder gar nur Stimmung zu folgen, was ihr wahrscheinlich sowieso niemand zutraute. Auch darüber musste sie lächeln. Niemand kannte sie wirklich. Niemand!

Dann sah sie schwarz. Sie waren am Ende des Teppichs angekommen, wo die große, schwarze Limousine stand, die sie nun ins nüchterne Kanzleramt bringen würde. Der magische Moment war vorbei, und niemand hatte ihn mitbekommen. Wahrscheinlich nicht einmal Makwawa Ulamba, dachte sie, als sich ihre Mundwinkel wieder nach unten verziehen wollten. Das aber ließ sie nicht zu. Gar nicht. Noch Tage später, als sie der Nation mal wieder die Lage erklärte mit dem vermaledeiten Euro und den ganzen Krisen, umspielte ein weit mehr als nur Mut machendes Lächeln ihre Lippen, und die Raute vor ihrer Mitte hatte sich in eine Art Oval verwandelt, war weicher geworden, verspielter und hatte nichts mehr gemein mit der, die ihr die Wachsfigurenmodellierer in der Berliner Dependance von Madame Tussauds so starr vor den Bauch geschnitzt hatten. Gar nichts mehr!

FRÜHSTÜCK

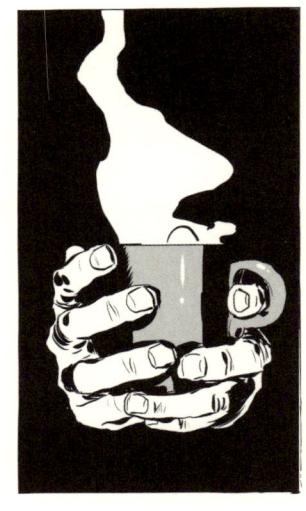

Kaffeeduft liegt in der Luft. Der Morgen ist blutjung. Die Träume der Nacht sind noch Wirklichkeit, die Wirklichkeit des Tages noch ein Traum. Der abgetragene Morgenmantel schmiegt sein weich gewordenes Frottee an die noch nachtwarme Haut. Ihm gegenüber am Frühstückstisch werkelt sie schon munter herum. Was von ihm da rumsitzt, ist nichts als eine Hülle, ähnlich der, die einmal beerdigt werden wird – unbeseelt. Ein Körper. Sonst nichts. Seine Seele hängt noch an der Bettkante, eine Flügelspitze steckt sogar noch unter der Decke. Dies ist die Phase des Tages, in der in einem kreativen Geist die ersten Samenkörner der in der Nacht geborenen Ideen aufzugehen beginnen – noch nicht wirklich greifbar, noch sehr verwundbar, sodass man den Denker am besten ganz in Ruhe lässt. Leider ist es in der Regel eher so, dass sie ihn in Kürze zwingen wird, einen Blitzstart hinzulegen. Seine Geliebte und Frau wird ihn in ein Gespräch zwingen – rücksichtslos, gnadenlos. Sie wird ihn mit Alltagspflichten bombardieren, und dann gibt es kein Entrinnen. Schon beim kleinsten Augenbrauenzucken seinerseits wird sie ihm mit dem kampferprobten Einstieg „Wenn ich schon die Kinder immer zur Schule bringen muss …" die Liste der Aufgaben um die Ohren hauen, nicht mit dem ihm so sehr vertrauten weichen, lieblichen Mund, sondern mit schmalen Lippen und harter Stimme. Eine Liste wird da über ihn kommen mit niederen Tätigkeiten, die man einem Denker, Philosophen und Essayisten eigentlich nicht zumuten darf. So kann er die nachts ersonnenen zarten Gewächse tagsüber nicht zu Papier bringen – zwischen Haushaltseinkäufen, Rasenmähen und Aufräumarbeiten. So müssen die Seiten leer bleiben. Sicher, manchmal bleiben sie auch leer, wenn er den Tag ganz für sich hat. Überraschend oft sogar. Aber dann braucht es eben noch ein bisschen Zeit, bis alles zu einer satten Reife gediehen ist. Dafür muss er sich gelegentlich nach dem Frühstück sogar noch einmal hinlegen – zu seiner Seele. Und dafür muss er gelegentlich am Frühstückstisch alles von sich weisen, was da an ihn herangetragen wird. Leider legt ihm seine Frau und Geliebte diese einem größeren Zweck geschuldete Abwehr als bloße Bequemlichkeit aus, und dann kommen Vorwürfe, und dann ist es ganz aus. Dann endet der Blitzstart in einem Flugdesaster, seine Seele gerät ins Flattern und dann ins Trudeln und schmiert schließlich ab, bevor sie ihn erreicht hat. Er hat es oft genug erlebt. Solche Tage vergehen dann nicht, haben 48 Stunden, wenn nicht mehr, ziehen sich seelenlos dahin – in irgendeiner Supermarktschlange vor der Kasse, deren Scanner ausgerechnet das Identlabel des folienverschweißten Salatkopfes vom Vordermann nicht lesen kann, und die nächste Nacht, in der die Träume wieder übernehmen können, liegt unendlich weit weg. Zwei Welten, wie sie unterschiedlicher nicht sein können. Zwei Welten, die das Frühstück von der Realität trennt wie der Jordan das Land der Verheißung von der feindseligen Fremde. Zwei Welten, in denen er abwechselnd lebt, an deren Nahtstelle er kurz vor Frühstücksbeginn einerseits federleicht schwebt und andererseits 80 Kilo schwer sitzt. Die wollen versorgt werden – natürlich. Insofern macht das Frühstück Sinn. Keine Frage! Und es macht Sinn, dass es ihm gemacht wird, weil er ja noch nicht richtig in der Macherwelt angekommen ist. Wenn bloß der Kaffee fertig wäre, bevor die Anforderungen an ihn gerichtet werden und wie Dolchstöße in seinen Eingeweiden herumwüten, fertig, um ihm einen ersten Schluck zu ermöglichen, der die Nachtgespinste mitnimmt wie ein heißer Lavastrom – mitten ins Herz, von wo aus er später schreiben wird, wenn sie endlich da ist – seine Seele. Immerhin hat sie mittlerweile den zweiten Flügel aus dem Bett gezogen und Witterung aufgenommen. Vielleicht richtet sie sich auch einfach nach dem

Kaffeeduft – nach all den gemeinsamen Jahren. Doof ist sie nicht, die Seele eines Gescheiten. Aber langsam, obwohl sie doch weiß, dass der warme Frotteesack drüben am Frühstückstisch gleich in arge Schwierigkeiten geraten wird – ohne sie. Mittlerweile sind das Klirren des Geschirrs und das Sägen der Messer in den Semmeln und das blubbernde Luftholen der Kaffeemaschine zu einem disharmonischen Konzert von orkanartiger Lautstärke angeschwollen und drohen, einen geistesgeprägten Menschen um das einzige zu bringen, was er hat, den Verstand. Nur seine Seele könnte das alles auf ein erträgliches Maß zurückdimmen. Manchmal hilft tatsächlich der erste Kaffee. Er nimmt die Tasse auf, die seine geliebte Frau Gott sei Dank noch wortlos gefüllt hat, führt sie an die Lippen, verharrt einen gedehnten Augenblick der Hoffnung – und tatsächlich, diesmal klappt es. Genau in dem Augenblick, als der erste Schluck die Kehle hinabgleitet, gleitet seine Seele endlich in ihn hinein und macht ihn tagestauglich – mehr fürs Denken und Fühlen natürlich, weniger für so etwas wie Einkaufstüten tragen. Tief denken und fühlen und Alltag, das geht eigentlich nicht zusammen. Man muss dem Alltag ein Schnippchen schlagen. Und dann hat er überraschend eine Idee. Und was für eine! Vielleicht hatte er sie ja schon geträumt. Wahrscheinlich – so genial wie sie ist. Eine Variante, mit der er gleichzeitig zeigt, dass er sich für nichts zu schade ist. „Heute", prustet er fast fröhlich übern Tisch, gerade als sich ihr vertrauter Mund schmallippig öffnet, „heute fahre ich mal die Kinder zur Schule!" Ihr Mund geht wieder zu, die Lippen werden weich. Volltreffer! Insgeheim hofft er, dass er sich mit diesem überraschenden Einsatz für Wochen Luft verschafft hat. Und er denkt das ganze Frühstück lang darüber nach, wie er seine Tat zusätzlich noch vermarkten kann, sonst wäre sie doch zu sehr an den Alltag verschwendet. Vielleicht in einer kleinen Geschichte.

DIE MÖWE

Er stand auf der Inselpromenade, die etwa zehn Meter über der Nordsee lag. Sie hing in seiner Augenhöhe über der Brandung, etwa 20 Meter Luftlinie von ihm entfernt. Der Wind wehte stark und böig. Sie flog wie alle Möwen: perfekt. Kein Lebewesen sonst, dachte er, hat diese Leichtigkeit. Zwei, drei unwesentliche Flügelschläge reichen ihr zum Abheben, ob sie vom Wasser oder vom Land startet. Danach ist die Erdanziehung außer Kraft, ob die Möwe über Wellen gleitet oder weit über den Dünen unter den Wolken segelt. Sie hängt im Wind, als würde ein anderer, ferner Planet sie mit der gleichen Kraft von oben anziehen wie die Erde von unten und damit die Gravitation ausgleichen. Sie ist schwerelos.

Er hatte sie in allen Fluglagen beobachtet, stundenlang, immer wieder. Eine bittersüße Erfahrung. Wundervoll, eine solche Vollkommenheit genießerisch betrachten zu können, und niederschmetternd, selber am Boden bleiben zu müssen, schwer und ungelenk wie ein Schrank.

Am beeindruckendsten fand er, wenn sie tatsächlich spielte in der Luft, wenn es eigentlich keinen ersichtlichen Grund gab, in ihr zu bleiben, weil sie tobte über einem tosenden Meer. Wenn der Wind so stark war, dass die Möwe nicht mehr vorankommen konnte und an einer Stelle in der Luft klebte. Wenn er in unberechenbaren Abständen seine Kraft vermehrte und an ihren Flügeln riss, dass sich die Federn aufstellten und verdrehten. Sie blieb an ihrer Position, hing unbeeindruckt auf der selben Stelle, mit nur leichtem Auf und Ab, den Schnabel direkt im Wind, die Böen vielleicht witternd, wahrscheinlich aber wie selbstverständlich als Teile ihres Ganzen begreifend. Denn der Wind und die Möwe sind eins. Es sind nicht zwei Dinge. Ein Lebewesen und ein Element. Die Möwe ist der Wind, und der Wind ist die Möwe.

So also hing sie in 20 Metern Abstand zu ihm über dem Meer, und der Sturm pfiff ihnen um die Ohren. Durch die Position auf der

Promenade war er auf ihrer Flughöhe. Sie flog, und er war dabei. Er schaute sie an. Und sie schaute ihn an. Tatsächlich! Sie hatte ihren Kopf in seine Richtung gedreht und schien zu lachen. War er verrückt? Er kniff die Augen zusammen. Sie hielt den Blickkontakt, ohne auch nur eine Sekunde die Kontrolle über ihre Position zu verlieren. „Komm", schrie sie schrill in das Pfeifen, „du willst es schon so lange!"

Er musste sehr verblüfft ausgesehen haben. Sie lachte noch mehr und rief nun in schärferem Ton: „Die Arme auseinander, die Finger geschlossen, die Handflächen in den Wind, leicht in die Knie gehen und wippen. Spür' den Wind, den Auftrieb, heb' ab, trau' dich!"

Er zögerte. Sie lachte. Er ging näher zum Promenadenrand. Was ist schon dabei, dachte er. Kannte ihn ja niemand. Hielt man ihn eben für verrückt. Stimmte ja eigentlich auch.

Er beugte die Knie und streckte seine Arme aus, so weit er konnte. Vielleicht, dachte er, konnte er mit seiner immerhin beträchtlichen Spannweite den erheblichen Gewichtsnachteil ausgleichen. „Nicht so verkrampft", rief sie, „lockerer. Steht da wie ein Suppenhuhn! Wippen, spüren, los!" Für einen Augenblick verlor er die Konzentration. Er schaute nach links und nach rechts und traute seinen Augen nicht. Links von ihm standen drei Frauen am Promenadenrand wie an einer Rampe, rechts von ihm zwei weitere Männer. Vor jedem hing eine Möwe in der Luft und schien Anweisungen zu geben – offensichtlich ähnliche wie seine Möwe. Alle standen so, als hätten sie in die Hose geschissen, die Knie gebeugt, die Arme seitlich von sich gestreckt, die Handflächen in den Wind gedreht. Alle schauten um sich, wahrscheinlich ähnlich peinlich berührt wie er. So sahen sie sich an – und mussten lachen.

Also gut, dachte er, warum nicht im Schwarm loslegen? Er fand zurück in seine Konzentration. Er wippte. Und dann spürte er es. Er kniff die Augen noch mehr zusammen und – hob ab. Im Nu war er weit über der Promenade. Das Gleiten gelang ihm überraschend gut. Er blinzelte. Eine der Frauen von der Promenade segelte vor ihm recht passabel einen weiten Bogen. Dabei kreischte sie vor Vergnügen wie eine Möwe. Das fand er übertrieben. Menschen sollten leise fliegen, dachte er, wenn es ihnen schon an Eleganz mangelte. Der Mann rechts von ihm hing zum Beispiel recht plump in der Luft. Er ließ einfach die Beine zu sehr hängen. Unwillkürlich versuchte er selber, seinen Körper noch mehr in die Horizontale zu strecken. Dabei wurde er wie nebenbei schneller und überholte den anderen Mann, der eigentlich auch schon eine recht ansehnliche Figur machte, wie er fand.

Ein Krabbenkutter holte in der stürmischen See sein Netz ein. Übermütig flog er dreimal um die Brücke. Die Fischer starrten mit offenen Mündern zu ihm auf. „He", rief er ihnen zu, „he!"

Der Wind hatte jetzt etwas nachgelassen und trug das Gewicht der massigen Menschen nicht mehr so gut. Er streckte die Arme bis in die Fingerspitzen, aber über die Spitze des Bootsmastes kam er einfach nicht mehr hinaus. Auch sein Schwarm schien müde. Die Frauen flatterten schon. Der plumpe Mann hing nur noch knapp überm Wasser. Seine Füße streiften schon die Wellen. Es war Zeit zurückzukehren. Mit Mühe segelten sie auf die Küste der Insel zu. Gerade noch vor Einbruch der Dunkelheit setzten sie am Promenadenrand auf. Der plumpe Mann ließ sich einfach auf den Weg fallen. Er hatte keine Kraft mehr, sich abzufangen. Der andere stand seine Landung gut. Die Frauen setzten einigermaßen auf und knickten nur leicht ein.

Und er? Er wippte nach dem Erdkontakt in den Knien weiter, weil er das Gefühl bewahren wollte – so lange wie möglich. „Sind Sie wohl Flugzeugkonstrukteur", fragte eine Stimme neben ihm. Widerwillig öffnete er seine Augen. Er schaute nach seinem Schwarm. Die Männer und Frauen waren verschwunden. Nur die Möwen waren noch da. In Augenhöhe. „Wissen Sie", sagte der Mann, „ich beobachte Sie jetzt schon eine gute Viertelstunde wie Sie sich da mit ausgebreiteten Armen wie ein Segelflugzeug in den Wind legen und mit den Böen Ihre Backen aufblasen. Entschuldigen Sie, aber warum machen Sie das?"

Warum, dachte er. Warum? Ein bisschen verrückt sein? Ein bisschen abdrehen? Ein bisschen fliegen? Er sah den fremden Mann an. Er hatte keine Antwort für ihn.

BLUES

Wenn man Luftgitarre spielt, dachte er, und zupfte mit kurzen, harten Rissen an den imaginären Saiten ein paar trockene Pickings, braucht man eigentlich auch keinen richtigen Bottleneck. Insofern sah es vielleicht etwas lächerlich aus, wie er mit dem abgebrochenen Flaschenhals, den er sich über den linken Ringfinger gestülpt hatte, auf einer nicht vorhandenen Gitarre ein paar Slides in die kühle Nachtluft wummerte, die es in sich hatten. Wenn man sie gehört hätte.

Was man hören konnte, war eine tief aus seinem Innersten kommende, in Höhe der Kehle in klagender, aber nicht jammernder Weise modulierte Melodie, die ohne begleitenden Text auskam. Er öffnete seine Lippen nur leicht für diesen Blues, der mit seinem kehligen Singsummen ein altes Tennessee und ein vergangenes Louisiana an die Pegnitz zauberte, dass man meinte, Nürnbergs Fluss weitete sich plötzlich zu den Dimensionen eines Mississippi und würde nicht mehr ordentlich gerade durch die Altstadt fließen, sondern mächtig um die Sandsteinhistorie mäandern. Authentisch? Authentisch, dachte er, ist mein Bottleneck – wahrhaftig!

Der war von der Wirtshausschlägerei übrig geblieben, aus der er sich gerade noch einigermaßen heil hatte zurückziehen können. Zu Bruch gegangen waren nur ein Barhocker, ein bisschen Glas und eine Fidel. Wirklich, er wäre nicht einmal bereit gewesen, das Ding „Fiddle" zu nennen, obwohl der Spieler seine Sache vom Handwerklichen her gar nicht so schlecht gemacht hatte. Aber in Sachen Wahrhaftigkeit war er kompromisslos. Das hatte er dem Trio und den Gästen auch in letzter Konsequenz gezeigt, die sich danach für Blues-Musiker und Fans dieser Musikgattung überraschend gewalttätig gezeigt hatten. Aber wahrscheinlich ruft auch nicht alle Tage jemand in einer sogenannten Blueskneipe in einem sogenannten Blueskonzert, bei dem die Musiker in grottenschlecht imitiertem US-Südstaatenenglisch Authentizität vorjaulten, die keine ist, mitten in ein Fidel-Solo hinein: „Scheiße!"

Sicher, er hatte über die Alternative „Shit" nachgedacht, sie aber als zu harmlos verworfen. „Bullshit" wäre ihm wiederum zu viel Südstaaten gewesen. Scheiße, hatte er gedacht, ist einfach das authentischste Wort, was die Deutsche Sprache für das, was es meint, hergibt.

Nun also lehnte er in sicherer Entfernung zur sogenannten „Long-Lonesome-Blues-Bar" an irgendeiner kalten Hauswand und spürte den nachts noch recht frischen Frühjahrswind auf seiner Haut. Er hob die Stimme einige Nuancen an, verlegte sich in dieser Höhe ein wenig in eine Art Jodeln, öffnete die Lippen dafür nun doch eine schmalen Spalt, hob seinen Blick von der Straße in den Himmel, wo der Mond aufgegangen war und die goldenen Sterne prangten, und dachte an die schwermütigsten Zeilen, die ein deutscher Volksblues je hervorgebracht hat: „So legt Euch denn, ihr Brüder, in Gottes Namen nieder; kalt ist der Abendhauch".

Damit gab er sich dem Schmerz hin, den er eigentlich schon im Konzert hatte ausleben wollen. Nein, sein Baby war ihm nicht untreu geworden oder hatte ihn gar verlassen oder war, noch schlimmer, gestorben. Kein Freund hatte ihn verraten, und er litt weder unter Hunger noch Armut. Er wusste nur, diese oft besungenen Themen als Steigbügel zu benutzen, um auf einem sehr langsamen Ritt seine Schwermut zu zelebrieren. Eine Schwermut war das, die man früher wahrscheinlich mit einem Begriff wie „Weltschmerz" belegt hätte. Angesichts einer unerträglich aufgesetzten Fröhlichkeit, die ihn aus den Lautsprechern der Massenmedien jeden Tag penetrierten, wurde der für einen Melancholiker nur schlimmer. Neben den ununterbrochen gesendeten Gute-Laune-Sprüchen wurden die schlimmsten Nachrichten mit rhythmusgeprägten Musiken unterlegt, zu deren Takten man Katastrophen und Kriege mitswingend wegwippen konnte. Die Traurigkeit über die Schrecken wurde nicht einmal mehr tabuisiert, sie wurde totgelacht. Wahrhaftigkeit wurde inszeniert. Also gab es sie nicht mehr!

Daran dachte er an diesem Abend, wie an manch anderem Abend zuvor. Und dann dachte er, was er an all diesen Abenden oder we-

nigstens an manchem nächsten Morgen auch immer gedacht hatte.
Es war gut, der Trauer Raum zu geben und sie zu besingen. Es war
wie ein Gebet, das einem Last von den Schultern nahm und neue
Kraft gab, auch wenn man im Grunde genauso ratlos war wie alle
anderen. Eigentlich konnte er sich nicht einmal vorstellen, wie jemand ohne Traurigkeit durchs Leben gehen konnte. Sie zu haben,
fand er, gab ihm die Tiefe seiner Empfindungen. Sie zu überwinden,
gab ihm wenigstens eine ungefähre Zuversicht. Und dann verjagte
er seine Melancholie mit einem kräftigen Singsang, der immer mehr
anschwoll. Und schließlich schickte er wie mit der Urkraft eines
wilden Tieres einen langen, selbstsicheren, nun noch höheren, weiterhin zwischen Kopf- und Bruststimme wechselnden Ruf in den
Himmel, hoch zum Mond. Ein heulender Wolf in einer kalten Stadt.

DELETE

Die Fähigkeit, absichtlich vergessen zu können, war ihm erst mit Fünfzig geschenkt worden, vor etwas weniger als einem Jahr. Was für ein Geschenk – sich das Leben schön vergessen zu können! Man löscht einfach das Hässliche, das Unangenehme, das Peinliche, hatte er sich gefreut, bis die Erinnerung nur noch ein Leben voller Glanz und Schönheit beinhaltet.

Bis zu jenem Zeitpunkt hatte er nur unabsichtlich vergessen können wie jeder andere auch. Gut, hätte man sagen können, viel früher braucht man so eine Lösch-Funktion sowieso nicht. Erst so etwa mit Fünfzig hat sich eigentlich genügend Müll angesammelt auf der menschlichen Festplatte, der mal so langsam entsorgt werden kann, und das ohne große Folgen. Man weiß ja bis dahin bei vielem nicht, ob man es nicht doch noch mal gebrauchen kann. Und schließlich stört selbst eine Riesenmenge Müll das Hirn kaum und hindert es nicht daran, alles Mögliche immer weiter zu speichern. Diese graue Riesenwalnuss unter unserer Schädeldecke hat eine schier unendliche Kapazität. Letztlich speichert sie ein ganzes Leben ab. Was zwischendurch gelöscht wird, wenn überhaupt etwas gelöscht wird, entscheidet dabei nicht einmal der Eigentümer des Schädels, wie beim PC mit der „Delete"-Taste, sondern eben das Hirn selber. Und wenn es mal deleted hat, hat es offensichtlich eine „Undo"-Taste für alle Zeiten, anders als der PC. Sonst würde einem ja nicht zuweilen wieder Unsinniges und Belangloses aus irgendeiner fernen Vergangenheit einfallen, was man längst gelöscht glaubte, also vergessen. Neulich erst war ihm beim Aufwachen nach einem Nachmittagsschlaf wieder eingefallen, wie er als Junge auf dem Tennisplatz eine Rückhand geschlagen hatte – ins Aus, wie so viele andere Rückhände auch. Warum, hatte er sich gefragt, erinnerte er sich an diese eine. Warum nach diesem kurzen Schlaf, dessen Traum ihn im Übrigen mit einer übervollen Blase in einen Supermarkt geschickt hatte, wo die Kassiererin ihn mit strafendem und bloßstellendem Blick gefragt hatte, warum er sich denn so unhöflich an allen vorbeigedrängelt hätte und nun so merkwürdig herumtanze. Lag in dem Traum irgendein verborgener Hinweis auf verschlagene Rückhandbälle? Sicher nicht! War das System beim Wiederhochfahren nach dem Nickerchen in eine falsche Datei geraten und hatte trojanerartig zwei, drei uralte Bits wieder in seine Erinnerung eingeschleust? Wieso löschte sein Hirn solchen Kram nicht wirklich? Einmal „delete" und fertig, verdammt noch mal! Stattdessen erinnerte er sich an alle Details einer kitschigen alten Nachttischlampe in Halbmondform in irgendeinem Hotelzimmer, in dem er vor Jahren einmal genächtigt hatte, und wusste ums Verrecken nicht zu sagen, wie seine jetzige zu Hause genau aussah.

Naja, das alles war also seit nunmehr einem knappen Jahr Vergangenheit. Vergessene Vergangenheit – wenn er wollte. Aber, er wollte nicht. Ausgestattet mit dieser unglaublichen Möglichkeit, sich das Leben schön löschen zu können, stand er nun seit etlichen Monaten vor der Herausforderung festlegen zu müssen, was denn vergessenswert war aus seinem Leben. Ersten Impulsen nachzugeben, hatte er erst einmal widerstanden. Ohne „Undo"-Taste war ihm das doch zu riskant erschienen. Da war zum Beispiel diese Nacht, in der er sternhagelvoll und splitterfasernackt auf den Polterabend seines Cousins zurückgekehrt war, von dem ihn wohlmeinende Freunde Stunden zuvor in ähnlichem Zustand, nur noch bekleidet, entfernt hatten. So was würde man gern löschen, hatte er gedacht. Aber eigentlich machte das ja nur Sinn, wenn man es sozusagen kollektiv hätte löschen können. Solange sich die anderen daran erinnerten, wäre es ja doppelt peinlich gewesen, wenn sie bei der Erwähnung irgendeines Polterabends in seiner Anwesenheit das Kichern begonnen hätten – und so war es in den letzten Jahren immer gewesen, wenn in irgendeinem Zusammenhang das Wort „Polterabend" gefallen war – und er hätte nicht einmal gewusst, woher diese allgemeine Heiterkeit kam. Nein, hatte er entschieden: Auch die peinlichen Momente gehörten zu ihm. Würde er Momente des Versagens vergessen wollen – z. B. den, als er in Studententagen einer Freundin gegen einen ungerechten Professor die Solidarität versagt hatte, nur weil er keine schlechtere Note hatte riskieren wollen? Oder den, als er in der U-Bahn gegen die vier randalierenden Jugendlichen nicht aufgestanden war, weil ihm schlicht der Arsch auf Grundeis ging, obwohl die alte Dame, die außer ihm noch im Wagen gewesen war, auch sichtlich Angst gehabt hatte? Oh ja, da hatte sein Finger tonnenschwer über der Delete-Taste geschwebt. Aber, bevor er hatte fallen können, war ihm durch den Kopf gegangen, ob das nicht ein Fehler gewesen wäre. Wenn er das Erlebnis löschte, hatte er gedacht, würde er sich dann beim nächsten Mal nicht wieder so erbärmlich verhalten? Würde ihn die Erinnerung bei einem nächsten Mal nicht vielmehr zur Umkehr zwingen? Würde er mit ihr im Kopf beim nächsten Mal vielleicht nicht auf dem graffitiverschmierten Sitz kleben bleiben?

Seit fast einem Jahr nun stöberte er auf seiner Festplatte herum und sammelte Erinnerungen, die eventuell hätten gelöscht werden können. Er sammelte, sortierte, kategorisierte. Sinnlose Kleinigkeiten und überflüssige Details. Peinliche Augenblicke und feige Momente. Schlechte Gedanken und üble Pläne. Aber gelöscht hatte er bisher nichts. Gar nichts. Und jetzt, am Vorabend seines 51sten, lag die Liste wieder vor ihm. Eigentlich, dachte er beim Blick auf die vielen Einträge, die er behielt, obwohl er sie hätte vergessen können, beschäftigt mich mein letztes Geburtstagsgeschenk mehr als es sollte. Wenn er ehrlich war, musste er sich sogar eingestehen, dass es ihn belastete. Es schien ihm wie der Besitz eines Zauberstabes, dessen Anwendung ihn für immer in etwas verwandeln würde, was er niemals sein wollte, so verlockend die Aussichten auf den ersten Blick auch schienen. Vielleicht, dachte er, sollte ich mir morgen ein ganz besonderes Geschenk machen und das Geschenk vom Fünfzigsten löschen.

☙

UND MAN SIEHT NUR DIE IM LICHT …

Sein Magen krampfte sich zusammen wie eine Plastiktüte, aus der man die Luft saugt. Er lehnte mit dem Rücken an der Hauswand, aber selbst das gab ihm keinen Halt. Wieder einmal wütete das scharfe Messer in seinen Gedärmen und zwang ihn zu Boden. Er rutschte an der rauen Wand herab, stöhnend, bis seine Knie in Kinnhöhe waren. So hockte er in der Nacht, wimmernd vor Schmerz, der ihn zu einem Schlangenmenschen verformt hatte, einem Zirkusakrobaten, der sich zusammenfaltet, um in einem Gefäß zu verschwinden, in das beim besten Willen kein Mensch hineinpassen konnte. Nur dass sein Gefäß die Nacht war, unendlich weit, statt unglaublich eng. So weit, dass man sich hätte dehnen können, strecken, mit ausgebreiteten Armen hineinsegeln in diese Verheißung ohne Horizont.

Er konnte das nicht mehr. Seine Flügel waren ihm gestutzt worden – gründlich. Eine Weile noch hatte er sich zumindest eingebildet, weiterhin fliegen zu können, nachdem ihn sein Partner ausgebootet hatte aus der Firma. Erst mit einem, zwei Promille. Dann mit drei. Auf allen Vieren endeten diese Flüge sehr bald immer öfter. Wirklich, dachte er, während ein Blitz in seine Eingeweide einschlug, ich habe nicht genug an der Landung gefeilt! Er war nicht vorbereitet gewesen auf Landungen. Er wollte doch immer weiter fliegen, mit ihr.

Sie hatte sich gegen das Fliegen entschieden und für seinen Partner. Zu dem Schmerz im Bauch gesellte sich ein ihm längst auch vertrauter irgendwo weiter oben. Er krümmte sich so weit das überhaupt noch ging. Auf dem Asphalt neben ihm stand der Cognac, den er sich von seiner letzten Stütze geleistet hatte. Kraftlos hielt seine rechte Hand den Flaschenhals umklammert. Ein Schluck, ein einziger Schluck vom Wasser des Lebens, vom „Eau de Vie", wie französische Mönche ihre Destillate vor tausend Jahren genannt hatten. Ein einziger Schluck und seine Innereien spielten verrückt, weil sie seit Jahren nur noch billigen Fusel gewohnt waren.

Aus glanzlosen Augen fiel sein Blick auf das breite Fenster der Bar gegenüber, das fast bis zum Bürgersteig hinabreichte. Dahinter: eine hell erleuchtete Welt des Lächelns. Rücken neben Rücken saßen die wohlgenährten Gestalten auf den Hockern. Der Barkeeper stellte gerade eine Reihe von Modedrinks mit bunten Strohhalmen vor die glänzenden Nasen. Eine war mitten in einem besonders hübschen Gesicht. Er konnte die Frau nicht sehen, weil sie etwas abseits vom Fenster an der Ecke der Bar stand. Sie lachte breit und offen ihren Begleiter an. Ein Macher, ein Nehmer, der, wenn er einer den Arm um die Hüften legt, das immer so tut, als gehöre sie ihm. Und es gab immer welche, die das zuließen. Sie hatte es zugelassen. Jetzt gehörte sie dem Typen. Wie ihm alles gehörte, was er sich nahm. Darauf nahm man gemeinsam die Gläser auf, sie eines mit Aperol Sprizz, er mit einem Cognac der feinsten Sorte und stieß an auf das wunderbare Leben, und sein Eau de Vie rann in seiner Kehle herab, ohne die Eingeweide zu zerfleischen, weil er es verstand zu siegen und zu genießen – auch ohne fliegen zu können. So einer wusste überhaupt nicht, was das ist: fliegen. So einer starb irgendwann auf einem Berg von Besitz, aber höher war er nie gekommen.

Jetzt drehte sich der Sieger in Richtung Fenster und versuchte hinaus zu schauen. Auch seine Augen hatten keinen Glanz. Sie hatten nie welchen gehabt. Der Versuch war zum Scheitern verurteilt. Die Welt da draußen konnte er nicht sehen. Zu hell war es in der Bar. Zu dunkel die Nacht davor. In der tanzte in diesem unsichtbaren

Augenblick ein angetrunkener Geselle den Bürgersteig entlang – lauthals ein Lied schmetternd, das in lange vergangenen Tagen Menschen zum Schunkeln gebracht hatte. „Wir sind alle kleine Sünderlein …", grölte er und wiederholte diese eine Zeile immer wieder, weil er sich vermutlich nicht an den Rest des Liedes erinnerte. Dazu versuchte er im Regen zu tanzen wie Gene Kelly. Er stolperte. Ganz sicher war sein Schritt nicht mehr. Ein bizarres Schattenspiel vor dem hell erleuchteten Barfenster. Nach dem zweiten oder dritten Stolperer hielt der Mann inne. Sein Blick fiel auf die hockende Gestalt gegenüber, die kaum zu erkennen war – drüben, auf der dunklen Seite der Straße. Der Tänzer überquerte die Straße mit kurzen Schritten, wobei er mit den Hacken seiner Schuhe hart auftrat, um Steppgeräusche zu imitieren. Das taktlose Klacken amüsierte ihn. Übermütig ließ er sich mit einer Pirouette, die ihm sogar gelang, neben dem hockenden Mann nieder. Trunkenheit vereint. „Hey, Sünderlein", flachste er fröhlich. „Lass' mich auch mal an deinen Nektar!" Ohne eine Antwort abzuwarten, zog er die Flasche aus der kraftlosen Hand des anderen, setzte sie an den Mund und nahm einen kräftigen Schluck. „Uhhh", nickte er mit geschlossenen Augen dem feinen Geschmack nachspürend. „Ein edler Tropfen, werter Herr – wahrlich! Man muss es verstehen zu genießen. Das war immer so, 's war immer so!" Indem er die letzten Worte wiederholte, fiel ihm plötzlich auch der Rest des Liedes wieder ein. Er legte den Arm um den Hockenden, wiegte ihn leicht und langsam hin und her und sang die Zeile, die ihm wieder eingefallen war hinein in die Nacht: „Kommen alle in den Himmel rein, 's war immer so, ja so!"

HENKERSMAHLZEIT

Der Name des neuen Restaurants wirkte im ersten Augenblick nicht unbedingt einladend. Aber der Freund schwärmte von der „galgenhumorigen" Atmosphäre, die einer Gesellschaft, die in einer nicht enden wollenden Flut appetitverderbender Nachrichten über die schrecklichen Inhalte unserer Lebensmittel unterzugehen drohte, endlich einen Ort bieten würde, an dem sie wieder mit einer Art Genuss speisen dürfte. Wir seien die antilukullischen Hiobsbotschaften, meinte der Freund, doch wohl alle miteinander längst leid. Man solle die Kraft, die aus dem Trotz des Menschen erwachse, nicht unterschätzen. Ein gesundes „Jetzt erst recht" sei über die Jahrtausende ein wichtiger Antrieb des Menschen gewesen.

Also ließ ich mich in der vergangenen Woche zu einem Dinner überreden und muss gestehen, dass sich schon während der Fahrt zum Stadtrand, an dem die Neueröffnung auf uns wartete, eine leichte Spannung in mir aufbaute. Eine gruselige Spannung. „Henkersmahlzeit" – was für ein Name für ein Restaurant!

Schon beim Eintritt in den nur schummerig beleuchteten Speiseraum wurde klar, was der Freund gemeint hatte als er von einer „stilsicheren Dekoration" gesprochen hatte. Der Vorhang, der die Diele vom Restaurant trennte, war mit einem riesigen Totenschädel bemalt. Schob man ihn beiseite, wurde der Blick frei auf einfache Holztische, die nur von Kerzenlicht beschienen wurden. Auf den Tischen standen Miniatur-Guillotinen, die im Flackern der Flammen bizarre Schatten warfen.

„Sie haben reserviert", schreckte mich eine dunkel gekleidete Bedienung auf, die wie aus dem Nichts erschienen war. Sie führte uns zu Tisch 13, dem letzten der etwas größeren Sitzabteilung. Gleich dahinter standen noch einmal sieben Tische, mit etwas Abstand zu unseren. Sie waren genauso karg bestückt wie unserer, nur dass unter dem Fallbeil ein kleiner Wimpel hing, der den Buchstaben „A" trug. „Da sitzen die Allergiker", erläuterte die Bedienung auf meine hochgezogenen Augenbrauen hin. „Da gibt es ausschließlich Speisen aus glutenhaltigem Getreide, laktosehaltiger Milch und aus mit Schwefeldioxid konservierten Trockenfrüchten!"

Der Blick in die Karte offenbarte von A bis Z alles, was mir in den letzten Jahren den Appetit verdorben hatte. Von Acrylamid bis Zinn. Dazwischen reichte die Skala von B wie Bakteriengifte über H wie Herbizide und Q wie Quecksilber bis hin zu den geläufigen Salmonellen. Erst jeweils dahinter waren die Gerichte und die Beilagen genannt, die allerdings auch nicht die üblichen Bezeichnungen trugen. Ich brauchte ein wenig Zeit, um der heiteren Gelassenheit meines Freundes folgen zu können. Schließlich aber zauberten die Menüs doch das von ihm erwartete Schmunzeln in mein Gesicht. „Verschnupftes Huhn an gedünstetem Nitratspinat" ließ mich zumindest für einen ersten Augenblick die Angst vor der Vogelgrippe vergessen. „Gammelfleischpfanne mit radionukliden Wildpilzen aus süddeutschen Wäldern" drängten Tschernobyl und Fleischskandal für Momente weit in den Hinterkopf. „Forelle, grün" bedurfte allerdings der Erläuterung der Bedienung. Malachitgrün, klärte sie uns auf, sei ein Tierarzneimittel, das in der Fischzucht gegen Pilzbefall und Parasiten eingesetzt werde. Rückstände würden vor allem in Forellen gefunden. Falls aber unsere amalgamgefüllten Zähne eher nach guten, alten Schwermetallen lechzten, empfehle sie „Quecksilberfischchen auf Oxalspinat". Das sei ein Heilbutt – bei „Heil" lachte sie spitz auf – mit Oxalsäure. „Zwei Fliegen mit einer Klappe", flötete sie. „Kommen Sie öfter darauf zurück, garantieren wir mindestens Diabetes oder Rheuma, ein schöner, glatter Nierenstein ist bestimmt auch drin!"

Ich entschied mich für ein „Benzypyren-Steak an Acryletten", nachdem mir die Bedienung versichert hatte, dass das Fleisch solange über offenem Feuer gegrillt würde, bis das herabtropfende Fett sich als Qualm wieder aufs Grillgut niedergeschlagen hätte. Die Kroketten würden selbstverständlich solange mit über 200 Grad frittiert, bis verlässlich eine nennenswerte Menge Acrylamid enstanden sei.

Der Freund wollte eine Haflinger-Lasagne, stolperte aber bei dem Zusatz, dass der Nudelteig mit Bioxin-Eiern gemacht worden sei. Ob es nicht Dioxin heißen müsse, pflaumte er die Kellnerin an. „Wir haben", antwortete sie schlagfertig, „Bio und Dioxin gleichmal zusammengezogen, damit hier niemand denkt, unser Koch würde vor irgendwas haltmachen. Ist allerdings aus", setzte sie bedauernd hinzu. Stattdessen empfahl sie das Hausgericht, die „Cadmium-Pfanne in Salmonnaise". Das sei, erläuterte sie, eine besonders beliebte Wildpilzemischung ausschließlich aus den schwermetallhaltigen Lamellen der Pilze, in mindestens über zwei Tage warm gehaltener Mayonnaise serviert. „Da sind Sie", setzte sie mit einem zauberhaften Lächeln hinzu, „auf der sicheren Seite!" Mein Freund nickte und prostete mir dann lachend zu. Einen Leberschaden, gluckste er dabei, habe er sowieso schon.

Ich muss sagen, dass wir unsere Gerichte genossen. Auch die dezente Hintergrundmusik, die nur am Anfang etwas schwer daherkam mit „Wenn ich einmal soll scheiden" und „Ave Maria" glänzte im Ganzen mit moderneren Stücken wie „Tears in Heaven" von Eric Clapton oder „With or without you" von U2. Lediglich einige leichtere Asthmaanfälle, die uns von den A-Tischen her anwehten, wollten nicht recht zur entspannten Atmosphäre passen. Ich fand, dass man es auch übertreiben konnte!

Am Ende des Abends, als wir satt und zufrieden die „Henkersmahlzeit" verließen, wusste ich, dass ich ein neues Lieblingslokal gefunden hatte.

HIRNFORSCHUNG

Es war laut in der Cafébar. Die Tische waren alle besetzt. Nur mit Drängeln hatten mein Freund und ich noch einen Stehplatz an der Seite des Tresens besetzen können. Mit Genuss schlürften wir den heißen Cappuccino. Um uns herum waren ähnliche Gestalten ähnlich beschäftigt. Manche unterhielten sich mit ihren Nachbarn. Einsame schwiegen den großen Wandspiegel hinter der Bar an, der unser aller Bild reflektierte. Eine Bar hinter der Bar, exakt gleich dekoriert, exakt mit den gleichen Leuten besetzt, denen man ihre Gedanken auch nicht ansehen konnte.

Mein Freund sah schlecht aus. Unrasiert, dunkle Augenringe, der Blick unstet. So kannte ich ihn nicht. Eigentlich war er der Ruhige, Ausgeglichene von uns beiden. Irgendetwas musste passiert sein. Ich stellte meine Tasse ab. Mein Spiegel-Ich tat das auch, ohne zu zögern, zeitgleich. Ich wandte mich dem Freund zu. Mein Spiegel-Ich tat das vermutlich mit seinem Spiegelbild auch. Man kann das ja nur vermuten, weil man sich nicht mehr beobachten kann, wenn man sich nicht im Auge behält.

„Was ist los", fragte ich direkt. So ein Kaffee-Treffen ist keinen Abend lang.

Er lächelte gequält. Sein Spiegelbild vermutlich auch. „Es ist alles egal", sagte er heiser. „Alles egal!"

„Hat Dich Luise verlassen", wagte ich die Worst Case-Frage.

„Ach, Luise", kam es müde zurück. „Selbst wenn, es wäre ja nicht ihre Entscheidung gewesen. Wir haben ja nichts zu entscheiden!"

„Du sprichst in Rätseln", sagte ich. „Wie: Wir haben nichts zu entscheiden? Wir haben uns doch gerade für einen Cappuccino entschieden", versuchte ich eine Nuance Fröhlichkeit. Er ignorierte den Versuch. Dann brach es aus ihm heraus.

Ob ich die neusten Ergebnisse der Hirnforschung nicht mitbekommen hätte. „Sie haben jetzt den Beweis", knarzte er, „dass es keinen freien Willen gibt!"

Ein simpler Versuch hätte diesen Beweis erbracht. Leute, mit Hirn- und Muskelmessgeräten versehen, hätten entscheiden sollen, wann sie die Hand heben wollten. Und immer, wenn sie signalisierten, diese Entscheidung getroffen zu haben, hätten die Messinstrumente gezeigt, dass das Hirn schon vorher die Bewegung eingeleitet hatte. Natürlich nur den Bruchteil einer Millisekunde vorher. Aber vorher.

„Unser Hirn handelt selbstständig und gaukelt uns unsere Selbstständigkeit nur vor", sagte mein Freund. „Es gibt keine Handelnden. Es gibt nur Handlungen." Und die seien eine Folge aus vorhergehenden Handlungen und so weiter und so fort. Konsequent zu Ende gedacht, gingen all unsere Handlungen Schritt für Schritt zurück bis zur ersten Amöbe oder so. Jedenfalls lebten wir nur in der Illusion, einen freien Willen zu haben.

Ich hob die rechte Hand leicht an und winkte meinem Spiegelbild zu, das mir von drüben ebenfalls zuwinkte. Ich musste lächeln. Ich auch. Wer bestimmte wen? Wenn mein Spiegel-Ich mit einem Bewusstsein um sich selbst ausgestattet wäre, würde es vermutlich denken, dass ich ihm alles nachmachte.

„Verstehst Du", sagte mein Freund, „der Kampf zwischen Dr. Jekyll und Mr. Hyde ist endgültig entschieden. Wenn wir keinen freien Willen haben, haben wir auch keine Verantwortung für unser Handeln!" Und dabei goss er den Rest seines Cappuccinos mit einer fahrigen Geste einfach auf die Theke. Sein Spiegelbild tat das auch. Gott sei Dank hatte die Bedienung nichts davon mitbekommen. Die im Spiegel auch nicht. „Meinen Job habe ich gekündigt", fuhr mein Freund mit flackerndem Blick fort. „Ich stehe jetzt mittags auf und frage in mich hinein: Na, Hirn, wie steht's? Was für Entscheidungen hast Du heute für mich auf Lager? Was werde ich heute tun?"

Gestern, fuhr er nach einer kurzen Pause fort, habe er Luise z. B. einfach mal eine runtergehauen. Nur so. Während sie entsetzt in Tränen ausgebrochen sei, habe er in sich hineingehorcht, um die nächste Entscheidung vielleicht abfangen zu können. Aber auch

dieser Versuch sei ja letztlich vorher schon von seinem Hirn eingeleitet worden. Völlig sinnlos, dem zuvorzukommen. Und diesem
klugen Gedanken ebenso.

Schlampe habe er Luise genannt, und größte Liebe seines Lebens!
Blöde Tusse und dann, „mal Gegenteiliges in einem", kicherte er –
warmherzige Kanaille. „Und schließlich", seine Stimme hatte mittlerweile einen leicht irren Klang angenommen, „habe ich ihr noch
mal eine getachtelt. Nicht zu leicht und nicht zu fest!"

Ja, natürlich habe ihn Luise verlassen, glückste er nach einer kleinen Pause jetzt wenigstens wieder ein bisschen vergnügt in meine
Sprachlosigkeit hinein. Aber, er habe ihr dabei noch versucht zu
erläutern, das sei nicht etwa ihre Entscheidung gewesen, sondern
natürlich eine Folge der Ohrfeigen, die wiederum die Folge seiner
neu erwachten zwischenmenschlichen Experimentierlust gewesen
seien, die aber keinesfalls er zu verantworten hätte usw., usw. Bei
der Rückführung der Verantwortung auf besagte Amöbe sei sie
schon im Hausflur gewesen und hätte vermutlich gar nicht mitge-
kriegt, wie lächerlich sie sich letztlich verhielt mit ihrer Flucht.
„Von Selbstbestimmung", schloss er seine Ausführungen, „keine
Spur. Nicht die geringste! Die ganze Emanzipation zum Teufel!"
Mit diesen Worten schüttete er den Inhalt der Zuckerdose in seinen
Cappuccinosee auf der Theke und malte mit dem Zeigefinger ein
Peace-Zeichen in die weißbraune Melange. Dann schlug er mit der
flachen Hand hinein in sein süßes Kunstwerk, dass es nur so spritz-
te und verließ das Café mit schnellen Schritten.

Die Leute im nahen Umkreis waren konsterniert. Ich war sprach-
los. Mein Spiegel-Ich auch. Ich starrte mich an. Und dann, als ob
das bisher Erlebte nicht schon ausgefallen genug gewesen war, ge-
schah nach einer kleinen, reglosen Weile etwas ganz und gar
Ungeheuerliches. Mein Spiegelbild sprach zu mir, und ich hatte
Mühe, den Lippenbewegungen so schnell zu folgen, dass es nie-
mandem auffallen konnte, dass unser Synchronismus nicht mehr
von mir sondern von meinem Gegenüber dominiert wurde. „Wahrscheinlich", sagte ich da drüben, "ist es egal, wer von uns beiden

verantwortlich ist. Wenn nicht jeder für sich, dann eben jeder für
den anderen. Denn was ich tue, tust Du, und was Du tust, tue ich."
Und ich dachte: Gott, komme ich mir da moralinsauer rüber. Nee,
sind wir jetzt aber allgemeinplatzartig in der Lebensratgeberecke
gelandet. Vielleicht hatte mich aber auch nur die anarchische Stimmung meines Freundes angesteckt. Jedenfalls nahm ich die leere
Zuckerdose vom Tresen und schleuderte sie mit voller Wucht hinein in den Barspiegel. Von dort sah ich die Dose auf mich zufliegen.
Es war das letzte, was ich sah. Beim Aufprall zersprang ich in tausend Scherben.

∽

KORNALTER

Er war müde. Sehr müde. Nur noch mit zäher Mühe, fast widerwillig, hatte er sich in die Scheune zurückgezogen und das Strohkostüm über den alten Körper gestreift. 54 Jahre in Folge war er als Narr durch seine Dorfstraßen gezogen und hatte die Sitte des Kornalten lebendig gehalten. 54 Jahre lang hatten die Großkopferten seine Attacken ertragen müssen. Mit vorgetäuschter Heiterkeit und dabei grottenhaft schlecht gespieltem Lachen hatten sie seine humorvoll vorgetragene Kritik über sich ergehen lassen.

Anfangs war er selber mit großer Heiterkeit an die Aufgabe gegangen, und die Stiche, die er den Bürgermeistern und Bankdirektoren, den Landräten und Abgeordneten verpasst hatte, waren so fein gewesen und nur so unangenehm wie die Piekser, denen er in seinem Strohkostüm ausgesetzt war, wenn er wie ein Eulenspiegel dem Pfingstzug vorantanzte und dabei kleine Gemeinheiten von sich gab, bevor er dann auf der Wiese das gemeine Publikum mit einem furiosen Reimspektakel für die berechtigte Oberen-Schelte einnahm. Das Publikum, das da schon schwer angeheitert johlte,

weil endlich einer aussprach, was alle dachten, das Publikum, das nach dem rauschhaften Wochenende mit einem rechten Kater erwachen würde, einem, der die Erinnerung an so etwas wie den Beginn eines Aufstandes mit Schmerz erdrückte und alle alles wieder schnell vergessen ließ. War sicher besser so! Jaja!

Er schaute in den Spiegel und sah, dass selbst unter dem

Ganzkörperkostüm aus Stroh auszumachen war, dass da ein wirklicher Alter den Kornalten gab. Selbst nur so etwas wie eine Silhouette offenbarte gekrümmt die Jahrzehnte. Er versuchte ein paar Tanzschritte und sah sich zunehmend mitleidig dabei zu. Gut, er würde also auf allzu ausgelassenes Herumhüpfen verzichten, aber dafür würde er seine Worte schärfer und wendiger fliegen lassen als je zuvor und einen wilden Tanz ätzender Kritik in die Gassen zaubern, an den sich noch Generationen erinnern würden. Diesmal würde er jegliche stillschweigend vereinbarte Political Correctness über Bord werfen und nicht nur das letzte Jahr dörflicher Ignoranz anprangern, sondern bis ins Bundesparlament eilen, zur Regierung und zu den Großbanken und Industriellen und darüber hinaus in die ganze Welt. Ein Narr würde er sein im besten, alten Sinne. Ein Narr am Königshof der Ruhiggestellten, die Brot und Spiele schon längst aus kleinen Bildschirmen bezogen und darüber vergessen hatten, dass die Welt, deren Ungerechtigkeiten er anprangern würde, viel, viel größer ist.

Bei dem Gedanken an die ewige Wiederkehr der ewig gleichen Ungerechtigkeiten erschrak er und musste über sich selbst schmunzeln. War nicht auch er eine im Grunde gleichmütig hingenommene immer wiederkehrende Erscheinung, die eher das Gegenteil von dem bewirkte, was er eigentlich wollte? Diente die humoristisch bis sarkastisch eingefärbte Kritik an den Machern und Lenkern nicht letztlich nur einer Abreaktion von Widerstand, der sich ohne eine solche Abreaktion besser, stärker und schlagkräftiger regen würde? Vielleicht war die Zeit der Narretei vorbei, und die Comedy-Welle hatte, das Land tsunamiartig überschwemmend, den feinen Geist längst weggespült, der eventuell noch aufrütteln konnte.

Man müsste, dachte er, ein so ernsthaftes Zeichen setzen, dass es das Blut in den Adern der Randgestalten gefrieren ließ. Und dann kam ihm die Idee, wie es gehen könnte, eine wilde Idee, eine verrückte Idee, so verrückt, wie sie eigentlich nur die Jugend hervorbringen kann, weil sie, wenn sie spontan umgesetzt würde, ohne das mit dem Alter einhergehende Zögern und Abwägen und letztliche Verwässern von Aufbruchsplänen, weil die Idee ungeheuer revolutionär wirken würde, denn so viel Blasphemie, wie in ihr steckte, würde einfach niemand bei einem alten Mann vermuten, bei einem Kornalten.

Er schmunzelte wieder, und angesichts seines jetzigen Spiegelbildes, das kein Alter mehr unter dem Kostüm vermuten ließ – wie er fand – so sehr hatte sich die Gestalt gestrafft und gespannt, fasste er den Entschluss die Idee genauso umzusetzen. Einen kleinen Augenblick noch gönnte er sich, ein Augenblick der genussvollen Vorfreude erhob sich schon vor der Ausführung für Minuten über sein bedeutungsloses Dasein – ja, so würde er als Kornalter wahrlich noch über Generationen erinnert werden, so einzigartig. Hatte er die Eingebung gehabt und dann die Stacheldrahtrolle in der Ecke der Scheune gesehen oder war es umgekehrt gewesen? Egal! Er streifte das Strohkostüm wieder ab und auch seine Kleider bis er nackt vor dem Spiegel stand. Ja, ein Greis, dessen Muskeln schlaff geworden waren und dessen Haut faltig um die alten Knochen hing. Seine Augen aber strahlten. Er würde sich die Würde zurückgeben, die ihm zustand. Er nahm den Stacheldraht und wickelte sich darin ein – vom Kopf bis zu den Füßen. Die Rüstung schmerzte und er sah Blut an sich herablaufen aus zahlreichen kleinen Wunden. Gut so, dachte er. Eine Dornenkrone reichte nicht mehr. Es musste und es würde noch viel mehr bluten, wenn er erst tanzte und den Leuten ins Gesicht schrie: „Hört auf zu lachen!"

So würde er ein Zeichen setzen. Nicht mehr mit kleinen Piekern, wie sie Stroh verursachte. Das reichte nicht mehr. Jetzt musste es wehtun, richtig weh! So weh – wie … – in meiner Brust, dachte er und versuchte, den Schmerz mit ein, zwei Pirouetten wegzutanzen. Doch der Schmerz wurde nur stärker, viel stärker noch als der von den Stacheln des Drahtes. Er war verblüfft. Dann war es schon vorbei. Das letzte, was er sah, war, wie drüben im Spiegel die traurige Gestalt zusammenbrach.

಄

MUTABOR, ODER SO …

Er hatte das Mittel im Internet entdeckt und bei einer Versandapotheke bestellt. Drei Tage später hielt er ein kleines, hellbraunes Ledersäckchen in den Händen, das mit einem goldenen Band verschlossen war. Er schmunzelte. Zeitgemäß war das nicht gerade. Aber irgendwie charmant. In Zeiten, in denen Medikamente allenfalls in Folien verschweißt und mit Verfallsdatum versichert auf dem Nachttisch landeten, mutete so ein einfacher, unhygienischer Beutel an wie aus einer anderen, längst vergangenen Epoche. Auf dem goldenen Band konnte er Zeichen ausmachen, die vielleicht ein Verfallsdatum hätten sein können – auf Arabisch oder so. Die drei Worte oder Zahlen oder was auch immer sahen aus wie venezianische Miniaturgondeln, die mit Musiknoten besetzt waren, deren Hälse steil nach oben ragten. Er schürzte die Lippen und blies die Schleife des Bandes leicht an. Die Gondeln gondelten in den Wellen des Bandes; ein feiner, goldener Staub flog über sein Bett.
Er genoss diesen Augenblick vor dem Selbstversuch, den er sicherlich unternehmen würde. Das Zögern war wie ein frohes Atemholen und keinesfalls ängstlich. Dafür, fand er, war jetzt sowieso nicht mehr die Zeit. Dann hätte er gar nicht erst auf den Link klicken dürfen, der in der Email gewesen war. Sein Provider hatte das Schreiben routiniert als höchst bedenklich eingestuft. „Spam" hatte es geblinkt, dahinter warnte ein fettes Ausrufezeichen – wie bei den zahllosen Viagra-Mails, die täglich seine Mailbox verstopften und die er unermüdlich ins www-Nirwana klickte.
Er zog die Schleife auf, langsam, ganz langsam. Der eben noch strangulierte Hals des Beutels weitete sich, einige Falten verschwanden, ein erster Hauch von – ja – von Moschus, Vanille und Zimt kroch aus dem Inneren und umspielte seine Nase, und als er die Augen schloss, um dem Geruch genauer hinterherzuwittern, meinte er sogar so etwas wie das Plätschern eines großen Wassers von fernen Ufern zu hören. Ein kaum wahrzunehmender sanfter Flö-

tenton schien die Empfindungen zu tragen. Fast widerwillig öffnete er die Augen wieder. Er legte den Beutel aufs Bett, drang mit Zeige- und Mittelfingern in den Hals ein und zog ihn nun ganz auf. Ein weißer Puder lag jetzt frei, nicht mehr als die Menge, die auf einen Teelöffel passt – leicht gehäuft. Die Werbung der Internetapotheke kam ihm in den Sinn. „Ein Pulfer", war das Medikament auf der Homepage in hundserbärmlichem Deutsch angepriesen worden, „welches Ihne den Bewusstsein um Fliegen können erweitern haben wird!" Der Satz war mit einem Ausrufezeichen versehen gewesen, das dem hinter der Spam-Warnung in nichts nachstand. Immerhin! „Trinke mit klare Waser", hatte es weiter geheißen, „und Du verwandle in geringer als ein Minut in große Fogel, Marke Stroch!"

Er musste lachen. Vergnügt breitete er seine Arme aus wie Schwingen, nachdem er „das Pulfer" ins Waser gegeben hatte. Dann versuchte er, das Glas mit einer Schwinge zu greifen, um es an den

Mund zu führen. Aber die Federn am Ende seines Flügels glitten erfolglos am Glas ab. Er versuchte, den Mund zum Glas zu führen. Aber er kam nur bis auf einen halben Meter ans Glas heran. Dann stieß sein langer, roter Schnabel schon auf Grund, ohne dass er Flüssigkeit hätte aufnehmen können. „Verdammt", dachte er und schaute in den Spiegel am Kleiderschrank. Der zeigte einen ausgewachsenen Storch auf seinem Bett stehend, die rote Schnabelspitze etwas feucht mit einer Spur von Weiß. Es sah ein bisschen dümmlich aus. Mist, dachte er, ich hatte das ganze doch mit dem Camcorder dokumentieren wollen. Er war nur nicht dazu gekommen, den Camcorder einzuschalten, so unerwartet schnell war alles gegangen. Na, dachte er, macht nichts. Wenn das so schnell geht, verwandle ich mich eben noch mal zurück. Mit dem Schnabel blätterte er im beiliegenden Manual nach dem auf der Homepage versprochenen Zauberwort. Es dauerte eine Weile, bis er das Kapitel „Ferwandlungen" gefunden hatte, da es mit „F" geschrieben war und er es nicht an der erwarteten Stelle unter „V" vorfand. Dort fand sich dafür das Kapitel „Vrösche als Liblingsspaiße". Im Augenblick allerdings konnte er dafür nicht den geringsten Humor aufbringen. Also: „Ferwandlungen". „Wenn Sie sind Stroch mit Schnappel und Veder", hieß es da, „und wolle nicht bleiben Stroch, dann gehen wieder Zurückwerfandeln in Mensh. Sprechen einfach gedrukte Worte von Sackschlaife!" Während sein linkes Auge am Schnabel vorbei irgendwo an die Decke des Zimmers starrte, versuchte er mit dem rechten Auge die Gondeln auf dem verfluchten Band zu fixieren. „Wie", dachte er „… sprechen einfach Worte von Sackschleife?" Das Verfallsdatum konnte er doch gar nicht lesen, geschweige denn aussprechen. Nur zur Probe versuchte er mal etwas zu sagen, was seiner Meinung nach wenigstens arabisch klang. Wie hieß gleich der König von Saudi-Arabien? Richtig: „Abdullah bin Abdul-Azis Al Saud". Schon bei „Abdullah" brach er ab. Was da aus seinem Schnabel kam, klang nach nichts als grobem, lautem Klappern. Na, dachte er, jetzt nur nicht den Vrosch zurück ins Waser werfen! Ein kluger Stroch weiß immer Rat. Fliege ich eben mit den Kollegen gen Süden und mach' dann einen kleinen Schlenker Richtung Arabien. Da wird man mir schon weiterhelfen. Mit dem Schnabel schnappte er sich das goldene Band, breitete seine Schwingen erneut aus und war mit zwei, drei kräftigen Schlägen aus dem geöffneten Fenster hinaus, unterwegs Richtung Sonne.

∽

ORDNUNG IST NICHT MAL DIE HÄLFTE

Es war einer jener Tage, an denen er seinen Job hasste wie die Pest. Wochenlang war er zufrieden gelassen worden von seinem Chef und in der Lage gewesen, ruhig und konsequent die Aktenberge abzuarbeiten, die sich angehäuft hatten auf seinem Schreibtisch, der zugegebenermaßen immer so aussah als habe gerade eben ein kräftiger Windstoß alle Unterlagen durcheinandergewirbelt. Nicht dass er Probleme gehabt hätte, sich in der eigentlich gar nicht plötzlich entstandenen, sondern, wie er fand, eher organisch gewachsenen Unordnung zurechtzufinden, aber an diesem Tag hatte sich sein Chef kurz nach Dienstbeginn wieder einmal bemüßigt gefühlt, sich vor diesem seinem Schreibtisch aufzubauen und ihn aufzufordern, „dieses Schlachtfeld" – wie er es nannte – gefälligst zu beseitigen. Dann war der Satz gekommen, der immer an dieser Stelle kam, weil sich sein Chef offensichtlich in den Vergleich verliebt hatte. Er arbeite hier ja schließlich, so der Chef mit hochgezogenen Augenbrauen und erhobener Stimme, nicht in einem Ramschladen, sondern im Ordnungsamt. Die beiden letzten Worte der außerordentlichen Zurechtweisung hatte der Chef dann – auch wie jedes Mal – noch ein bisschen lauter wiederholt: „Im Ordnungsamt!" Nun also saß er da an seinem Schreibtisch, genervt, missmutig, unzufrieden. Das ist ein Ramschladen, dachte er. Der Ramsch ist in den Köpfen.
Gerade als er sich entschlossen hatte, wenigstens das Nötigste zu tun, um dem Tag einen Rest von Sinn zu geben, klopfte es an der Tür. Das heißt: Klopfen hätte man das eigentlich nicht nennen dürfen. Eher hämmern. Es hämmerte dreimal – schnell hintereinander, dann wurde die Tür, ohne dass er etwa ein „Moment" oder „Herein" hätte rufen können, aufgestoßen und ein vierschrötiger Mann stürzte ins Büro, baute sich vor ihm auf, hob einen prallgefüllten gelben Sack in die Höhe, riss ihn auf und kippte den Inhalt mitten hinein in die Unordnung auf dem Schreibtisch. „Diese

Scheißsortiererei", dröhnte der Mann dabei mit sonorer Stimme, „könnt Ihr hier bestimmt besser erledigen als ich. Das ist doch hier das Ordnungsamt, oder?!"

Er war verdutzt. Das heißt: Verdutzt hätte man das eigentlich nicht nennen dürfen. Eher verstört. Nicht dass er im Prinzip kein Verständnis für gegängelte Bürger gehabt hätte, aber dass die sich jetzt bis in sein Büro vorwagten und ihre Beschwerden brachial wurden ging vielleicht doch zu weit. Bevor er den Vierschröter allerdings hätte zurechtweisen können, war der schon wieder rausgestürmt und hatte die Tür mit einem Knall wie ein Kanonenschlag hinter sich zugeworfen. Der Nachhall der Kanone war noch nicht verklungen, als er eine Art von leichtem Amüsement in sich aufsteigen spürte. Der eintönige Alltag war aufs Heftigste unterbrochen, endlich! Eigentlich, dachte er, ist mir das sogar willkommen.

Die Situation hatte etwas Skurriles, etwas, dass seine Lebensordnung durcheinander brachte. Einen Moment lang spielte er mit dem Gedanken, seinen Chef zu rufen, um ihm mal einen richtig unordentlichen Schreibtisch zu zeigen, sah aber davon ab, weil man Humor an einen Korinthenkacker nur vergeuden kann. Stattdessen begann er in dem Mist auf seinem Schreibtisch herumzustochern. Nur so. Eher als Übersprungshandlung. Das Übliche: ausgespülte Joghurtbecher, zusammengedrückte Tetrapacks, leere Zahnpastatuben, ein Buch. Ein Buch? Das, dachte er, gehört doch gar nicht in den gelben Sack. Er hätte den Vierschröter gern belehrt, nur um dessen Reaktion zu studieren, aber der war ja weg und außerdem war der vermutlich auch ein Korinthenkacker und der Humor wäre ein weiteres Mal vergeudet gewesen.

Er nahm das Buch zur Hand. Es hatte den Titel: „Die Kunst, aufzuräumen". Er musste schmunzeln. Da, dachte er, gehören diese Allgemeinplatzratgeber hin: in den Müll – unsortiert. Er stocherte weiter. Zerknüllte Plastikfolien, eine aufgerissene Pizzapackung, ein Lottoschein. Ein Lottoschein! Der, dachte er, gehört doch gar nicht... – naja, dachte er dann, geschenkt! Er schaute genauer hin. Der Schein war ordentlich ausgefüllt und – aktuell. Die Ziehung war erst am nächsten Tag. Ein Wink des Schicksals? Spielte da jemand mit ihm? Fortuna? Wie eine römische Göttin hatte der Vierschröter allerdings beileibe nicht ausgesehen. Trotzdem: Er war bereit, das Spiel zu spielen. Mehr als bereit! Das spürte er mit einem Mal überdeutlich!

Schluss mit dem geordneten Leben, das er seit Jahrzehnten führte. Schluss mit dem Amt. Schluss mit dem ganzen Ramsch! Mit einer gewaltigen Geste wischte er den Müll und alle Unterlagen vom Schreibtisch, schnappte sich seine Jacke und stürmte aus dem Büro, die Flure entlang, hinaus an die Luft.

Es regnete. Das heißt: Regen hätte man das eigentlich nicht nennen dürfen. Eher Sintflut. Im Nu war er pitschnass. Dankeschön, Fortuna, dachte er, auch nicht schlecht!

Auf der anderen Seite der Straße meinte er, den Vierschröter stehen zu sehen, den Arm um eine wunderschöne Frau gelegt. Sie schien eine Art Toga zu tragen.

Es war einer jener Tage, an denen er seinen Job hasste wie die Pest, und der erste Tag, an dem er sein Leben wieder spürte, weil das Abenteuer zurückgekehrt war – endlich.

RASIERWASSER

Es musste brennen. Extrem brennen, wie Feuer. Wenn die Haut nicht aufschrie und sich zusammenzog vor Schreck und Schmerz, war es kein richtiges Rasierwasser. Und es musste riechen, fand er, wie ein guter Cognac schmeckte.

Noch nicht wirklich zum Leben erwacht, blickte er in den Rasierspiegel, aus dem ihm sein schläfriger Blick wieder entgegenkam, leicht verzerrt, weil vergrößert, wie in einem Spiegelkabinett auf dem Jahrmarkt. Mürrisch sah er in dieses nur noch am Kinn mit Schaum bedeckte Gesicht. Noch zwei, drei Striche mit der Klinge und es war Zeit für das einzige Morgenritual, das ihn wirklich weckte. Nur mit richtigem Rasierwasser ging das, fand er. Nur so konnte sich der Tag nicht etwa anschleichen, um einen leise säuselnd in irgendeinen Hinterhalt zu locken. Wenn gleich zu Beginn das über Nacht weit geöffnete Visier wieder heruntergeklappt wurde und die Poren sich schlossen, sodass kein noch so unscheinbar daherkommender Feind mehr eine Chance hatte einzudringen, so sehr der sich auch duckte, hatte die Rasur ihren Zweck erfüllt – neben der Entfernung der Bartstoppeln.

Sicher, mittlerweile war eine Generation herangewachsen, die mit Cremes und Balms und sogar Parfüms den Mann neu zu definieren versuchte. Aber wo sollte das hinführen? Zu Lipgloss und Lidschatten, zu Rouge und Nagellack? Männleinlaufen statt Marathon?

Rituale gehörten zum Leben. Und die Rasur und das Aufbringen des Rasierwassers – mit einem deutlichen Alkoholgehalt – waren ein Ritual.

Er sah in den Zerrspiegel und sah sich, und dann sah er seinen Vater und dahinter schließlich seinen Großvater, der die ausgeklappte Klinge über einem krawattenlangen Lederriemen glättete, der an einem Haken an der Badezimmertür hing. Jeden Morgen stand der Großvater gegenüber der Tür, zog mit der einen Hand das lose Ende des Leders zu sich, sodass sich der Riemen spannte und zog dann mit der anderen Hand das Messer mit der flach ans Leder gedrückten Schneide auf und ab, die Klinge immer wieder wendend, auf und ab, bevor er sie schließlich an die Wangen setzte und sich regelmäßig das Gesicht zerschnitt, so sorgfältig hatte er die Schneide am Riemen bearbeitet. Mindestens noch das Frühstück lang saß er mit Klopapierschnipseln im Gesicht, die kleinen Wunden stillend, vor den Brötchen. Das war lange her – Spieglein, Spieglein.

Heute ging es da verweichlichter zu mit PowerGlide-Klingen über einem Griff, in dem ein Mini-Motor sanfte Mikro-Impulse erzeugte für weniger Hautirritationen. Oder die Messer summend gar in schützenden Scherköpfen rotierten – völlig ungefährlich für das Visier. Allerdings strahlte es hernach auch nicht, sondern blieb seltsam glanzlos. Schlimm genug! Wenigstens das Rasierwasser sollte den Hauch einer Tradition bewahren, fand er. Wenn es schon nur noch After Shave hieß, sollte es wenigstens nicht noch klingen wie „Moisturizing Emulsion" oder „Allure Homme Blanche", sondern allenfalls heißen wie das der schweren Motorradkerle aus dem Wilden Westen: „Fire Extreme". Im freien Handel übrigens nicht mehr zu haben. Das ist ein Satz für ein Rasierwasser: „Im freien Handel nicht mehr zu haben!" So was begründet Traditionen und Rituale. Wie sollte man dagegen so etwas wie eine „Moisturizing Allure Balsam-Emulsion" an seinen Sohn weitergeben, den man 20 Jahre zuvor gezeugt hatte – nach dem Pflanzen eines Baumes und dem Hausbau? Eines der letzten Rituale: zugekleistert mit einer Paste? Komm her mein Söhnchen: Hier ist die Creme, die Deine Haut schont und nach der sanften Rasur einen sanften Duft verbreitet, den tausend andere Bubis auch verströmen. Nein, mein Sohn: Schleif' Dein Messer. Dreh' den Pinsel an der Seife entlang. Zieh' die Haut straff mit der einen Hand. Mit der anderen führ' das Messer mit ruhigem Strich durchs Dickicht, niemals gegen die Wuchsrichtung, Junge, niemals gegen die Wuchsrichtung, das machen nur Amateure. Und dann nimm das Rasierwasser, gieß' eine ordentliche Pfütze in die Handflächen und klatsch' Dir das nasse

Zeug ins Gesicht – wie windgepeischtes Wasser einer Tränke, an der sich Löwen, Gnus und Elefanten laben. Spürst Du die Steppe, den Hufschlag der fliehenden Büffel, riechst Du den heißen Atem des Jägers? Richtiges Rasierwasser ist eine kurze Wildnis kurz vor Sonnenaufgang, die einen vorbereitet auf einen aalglatten Tag, an dem die Feinde nicht mehr am Geruch zu erkennen sind, weil sie sich alle moisturized haben und so harmlos duften wie eine Sommerwiese mit Gänseblümchen. Finde Dein Wasser! Irgendwo muss es Dein Wasser geben, das nichts behauptet und alles in sich hat. Einfach eine Flasche. Farblos. Durchsichtig. Darin: die Flüssigkeit, schlicht, klar.

„Aahh", jetzt hatte er sich doch auch geschnitten. Er verzog das Gesicht vor Schmerz. Der Großvater grinste im Spiegel. Er grinste zurück, während er sich das Rasierwasser in die Handfläche tropfen ließ, um dem Schmerz mit Schmerz zu begegnen.

Als er das Bad längst verlassen hatte, meinte man am Waschbecken noch das schlabbernde Schmatzen langer Zungen zu hören, das Hecheln weggedrängelter Rivalen und das Rascheln der Blätter eines Affenbrotbaums in einem trocken-heißen Wüstenwind.

RAUCHZEICHEN

Er gab vor, erschöpft zu sein, indem er die Ellenbogen auf die
Theke stützte und sein Gesicht in
die Hände legte. So konnte er die
Tränen vor den anderen Gästen
verbergen. Das kann man an der
Theke einer Eckkneipe schon mal
machen, ohne dass der Gastwirt
angemeckert kommt. Dieser hier
jedenfalls kannte ihn und war
wohl erfahren und gelassen genug, ihn erst einmal in Ruhe zu
lassen. Der Wirt war Norweger und nach eigener Aussage lange zur
See gefahren. Thorkild Brundtland, ein breitschultriger Haudegen,
hatte seine Wirtschaft vor zwanzig Jahren ganz im skandinavischen
Stil eingerichtet. Selbst die Theke, die man normalerweise aus har-
tem Eichen- oder Buchenholz fertigt, war aus nordischer Kiefer
gemacht. Dass damit auch die Platte weicher war als bei üblichen
Theken, hatte im Laufe der vergangenen Jahrzehnte dazu geführt,
dass sich etliche Gäste mit Amateur-Schnitzereien verewigt hatten.
Einfallslose Kritzeleien, dumme Sprüche, verunglückte Kleinge-
mälde. Und ein Herz gab es. Richard und Heidi stand darin.
Richard war er. Heidi war sie. Er hätte kotzen können.
Dass sie ihn verlassen hatte, war schlimm. Was ihm aber richtig zu
schaffen machte, war, dass sie es mit einer lapidaren SMS getan
hatte. Das macht vielleicht ein unsicherer Teenager, der einer ernst-
haften Begegnung aus dem Weg gehen will. Aber Menschen in der
Mitte des Lebens machen das nicht. Sie hatte es gemacht.
Aus der Musicbox plärrten die Platters ihren 50 Jahre alten Welter-
folg „Smoke gets in your eyes". In Zeiten der Nichtraucherherrschaft
über die Theken Deutschlands, dachte er melancholisch belustigt,

half nicht einmal mehr diese Ausrede für sichtbaren Kummer.

Er sah auf und bestellte einen weiteren Cognac. Langsam spürte er eine leichte wohltuende Wirkung des Weinbrands, aber der Knacks im Kopf, der für eine Weile Vergessen brachte, war noch nicht geschehen. „Eau de Vie" hatten die französischen Mönche den Cognac getauft, den sie vor tausend Jahren sogar als Medizin verabreichten – „Wasser des Lebens". Das konnte er jetzt gut brauchen. Ihm war sterbenselend zumute. Er kippte den Inhalt des Schwenkers in einem Zug die Kehle hinunter, hinein in die Hölle, die da unten in seinem Bauch brannte. „I once had a girl ...", nölte John Lennon jetzt aus der Musicbox. Er summte leise mit: „... or should I say, she once had me?" Wer hatte wen gehabt? Er sie jedenfalls nicht, so viel stand fest. Der Vogel war davongeflogen, einfach so. „She showed me her room...", sang Lennon weiter, „... isn't it good, Norwegian wood?" Verdammt, dachte er, als er die Tränen wieder aufsteigen spürte, und hieb mit seinem Kugelschreiber auf das Herz in der Theke ein, stakkatoartig. Gerade als er Heidi so gut wie erstochen hatte, spürte er plötzlich einen stahlharten Griff um sein Handgelenk, der jede weitere Bewegung unmöglich machte. Thorkild Brundtland war mit mächtigen Sprüngen herbeigeeilt und hatte ihn sich gegriffen. Und wie! Das war ein Griff, mit dem der Barkeeper vermutlich auch eine rohe Kartoffel hätte zerdrücken können. Dann riss ihn der Wirt am Arm vom Hocker als wäre er nichts weiter als eine dünngliedrige Marionette, zog ihn zum Ausgang und beförderte ihn mit einem kräftigen Tritt in den Hintern auf die Straße, wo er, mit dem Gesicht voran, buchstäblich in der Gosse landete.

Er blieb liegen. Es störte niemanden. Es war nichts mehr los zu dieser frühen Morgenstunde, kaum ein Mensch unterwegs in dieser zeitlosen Schattenwelt zwischen vergangenem Abend und neuem Tag. Die Sperrstunde war längst vorbei, um die sich Thorkild Brundtland allerdings nie sonderlich geschert hatte. Trotzdem würde er gleich auch die anderen Gäste hinauskomplimentieren, nur nicht so unsanft wie ihn.

Er spuckte einen Batzen Blut und Schleim in die Regenrinne der Straße. Der Barkeeper war also doch nicht erfahren und gelassen genug, um einem tief verletzten Mann den Freiraum zu lassen, den er brauchte, um einem Schicksalsschlag mit Hochprozentigem und dem Auslöschen alter Träume die Wirkung zu nehmen. Stöhnend rappelte er sich auf und schleppte sich zur Gartenmauer auf der anderen Straßenseite. Dort setzte er sich und wartete. Kurze Zeit später kamen tatsächlich die letzten Gestalten aus der Bar und verzogen sich mit unsicheren Schritten in die Dunkelheit. Auch Thorkild Brundtland kam heraus, schloss seine Wirtschaft ab und verschwand in der Nacht. Er hingegen schlich sich zurück zum Eingang der Kneipe. Er zog zwei alte Zeitungen aus dem Papierkorb davor, knüllte einzelne Seiten locker zusammen und platzierte sie direkt am Fuß der hellen Kiefertür. Einige Blätter schob er auch in den schmalen Spalt, den die Tür zum Boden ließ. „So, I lit a fire …", summte er die Lennon-Ballade zu Ende, während er die Flamme eines Streichholzes an seinen provisorischen Zunder hielt, „… isn' it good, Norwegian wood!"

Es dauerte nicht lange, bis die Tür lichterloh brannte. Niemand bemerkte etwas. Von der gegenüberliegenden Straßenseite beobachtete er, wie sich die Flammen nach innen fraßen. Dann wankte er davon. Als er sich nach einem Kilometer noch einmal umdrehte, stand vor einem hellen Halbmond eine schwarze Rauchsäule über dem Haus mit der Kneipe. Das, fand er, war ein passenderes Bild für das Ende einer Beziehung als eine SMS auf einem mickrigen Handy-Display.

SLEEPWALKING

Es hatte etwas Gespenstisches. Zwar war es nicht stockdunkel, denn der Mond schien hell und klar, aber die Gestalten, die sich da durch die Nacht bewegten – fast im Gleichschritt – schienen nicht einmal dieses wenige Licht zur Orientierung zu brauchen. Wie seelenlose Zombies zogen die vielleicht 15 Leute die Straße entlang, die Augen fast ganz geschlossen mit schläfrigem Ausdruck im Gesicht, die Mimik starr, die Bewegungen nicht rund und fließend wie bei normalen Spaziergängern oder Wanderern, sondern ein wenig zackig, was allerdings auch dem Umstand hätte zugeschrieben werden können, dass sie alle mit der Art Skistöcken bewaffnet waren wie sie Nordic Walker mit sich führen. Tagsüber hatte man sich an den Anblick der herumwalkenden, -rennenden, -radelnden und -skatenden hyperaktiven Freizeitvernichter längst gewöhnt, aber nachts? Die Gruppe war jedenfalls mit Trainingsanzügen bekleidet und schien tatsächlich einem Freizeitsport nachzugehen. Das Klacken der Stockspitzen auf dem Asphalt der um diese Zeit verlassenen Nebenstraßen am Stadtrand gab dem Ganzen einen fast getakteten, militärischen Rhythmus, der nur gelegentlich von den Anweisungen des Voranschreitenden unterbrochen wurde. Mit leiser Stimme kamen von dem offensichtlichen Führer der Gruppe ab und zu Anweisungen, die bei dem einen die Haltung korrigierten, bei der anderen den Stockschwung, bei wieder einem anderen aber auch etwas strenger mehr Konzentration einforderten. Dann wurde die Stimme etwas schärfer im Ton, blieb aber dennoch flüsternd, so als wollte sie nicht wirklich stören: „Weiterschlafen, einfach weiterschlafen", hallte es heiser durch die Nacht. „Hans und Gertrud, ihr blinzelt ein bisschen. Bitte konzentriert euch. Der Mond scheint weiter, keine Sorge! Und: links, rechts, links, rechts, Stockschwung auf, ab, auf, ab! Links, rechts, links, rechts!"
Ich war irritiert. Mit weit geöffneten Augen starrte ich auf die Gruppe, wie sie da auf mich zukam, ohne mich auch nur annähernd als

Hindernis wahrzunehmen. Gut, ich ging nicht ganz aufrecht. Schließlich kam ich gerade von einem Kneipenbummel, einem ausgedehnten. Aber da die Gruppe unbeirrt auf mich zu stakste und mich mit an Sicherheit grenzender Wahrscheinlichkeit einfach umgerannt hätte, war ich genötigt gewesen, schneller zu handeln als es meine Verfassung eigentlich zugelassen hätte. Für ein Ausweichen nach links oder rechts war in diesem Stakkato von links, rechts, links, rechts keine Zeit mehr. Zielstrebig raste der klackende Zombie-ICE auf mich zu. So gedankenschnell wie noch möglich entschied ich mich für eine halbe Pirouette, die mich in die gleiche Richtung brachte wie diesen Nachtzug nach Nirgendwo und versuchte den Schrittrhythmus des Anführers aufzunehmen, um wenigstens ein Stück an der Spitze mitlaufen zu können und dann möglichst bald seitlich auszuscheren – in Sicherheit. Tatsächlich rettete mich die Aktion. Meine Lebensgeister kehrten zurück und damit auch meine Neugier. „Sagen Sie mal", sprach ich den flotten Mittvierziger neben mir an, „was soll das hier?"

„Wir sleepwalken", antwortete der, eine Spur hochnäsig, wahrscheinlich weil ich mit meinem nächtlichen Müßiggang wohl so gar nicht in sein ultrasportliches Schema passte. „Was", hechelte ich, "ist das nicht ein klassisches Paradoxon – Schlafen und Wandern?"

„Ja, da haben Sie schon recht", antwortete er jetzt etwas freundlicher werdend. Vielleicht witterte er einen neuen Kunden, denn wie ich jetzt erfuhr, betrieb der eilig ausschreitende Mann ein Fitnesscenter, das gut florierte. „Weil ich mir", lächelte er mich trotz des enormen Tempos entspannt an, „immer was Neues einfallen lasse." Ich müsse bedenken, holte er aus, und ich war froh, dass ich jetzt nicht mehr fragen musste, denn dazu hätte meine Luft gar nicht mehr gereicht, ich müsse bedenken, dass man heutzutage als Geschäftsmann nur überleben könne, wenn man Trends nicht hinterherlaufe sondern sie setze. Alle wollten fit sein, müssten dafür aber auch jede Menge Zeit aufbringen. Da sei er auf die Idee gekommen mit dem „Sleepwalking" – also dem Schlafwandeln mit sportivem Touch. Mondsüchtige seien dabei natürlich im Vorteil, klärte er auf. Die hole er nachts einfach von zu Hause ab, wenn sie sowieso gerade mit vorgestreckten Armen durch den Garten irrten oder auf dem Dachfirst herumeierten. „Denen stecke ich die Stöcke einfach zwischen die bereitgehaltenen Finger", lächelte er mich an, „und ab geht die Post!" Am nächsten Morgen hätten die solcherart ein gutes Training absolviert und seien zudem ausgeschlafen. Ein perfektes Angebot für unsere leistungsorientierte Gesellschaft sei das, die sich im managementorientierten Arbeitsalltag allzu lange Pausen für die Fitness einfach nicht mehr leisten könne, die Mitgliedschaft in Fitnesscentern aber sehr wohl. Eine klassische Win-Win-Situation!

In die ein Looser sicher nicht so gut hineinpasst, dachte ich, mittlerweile zwei, drei Schritte zurückgefallen, weil ich Schlafmütze mit dem Tempo der Schlafwandler auf Dauer einfach nicht mithalten konnte. „Aber", rief ich dem Winner mit letzter Kraft hinterher, „was ist denn mit den anderen, den Normalos, die nicht schlafwan-

deln?" „Hypnose", hörte ich ihn davoneilend sagen, und während die lapidare Antwort noch in mir nachhallte, zog die gesamte Zombie-Gruppe klackend an mir vorbei.

Wie hypnotisiert starrte ich ihr nach – mit leerem Blick und starrer Mimik. Auch eine Art Zombie, ein seelenloser Nachtfreak? Nein, dachte ich und beschloss, mir auf diese unheimliche Begegnung noch einen hochprozentigen Absacker zu genehmigen – für die Seele.

∾

49

VIERZIG NÄCHTE

Er fand, dass das Hotelzimmer ein wenig schwankte. Komisch, dachte er, soviel habe ich am Abend doch gar nicht getrunken. Zwei Gläser köstlichen Rotwein zum und einen etwas herben Grappa nach dem vorzüglichen Menü. Mit Draußensitzen war's ja leider nichts gewesen. Es hatte an diesem frühen Sommerabend angefangen zu regnen und nicht mehr aufgehört. In einem Wellnesshotel eigentlich kein Problem. Eher im Gegenteil. So kann man die Angebote richtig ausnutzen, obwohl Susanne da sehr viel mehr drauf stand als er. Es war auch überhaupt ihre Idee gewesen mit diesem Rückzug in ein Hotel. Sie sollten, hatte sie gesäuselt, dem lang gehegten Kinderwunsch einmal ohne störende äußere Einflüsse, sozusagen in aller Abgeschiedenheit eine Chance geben, nicht nur Wunsch zu bleiben. Und wenn, wie die Vorhersage prophezeite, das Wetter etwas schlechter sein würde, sei das ja vielleicht sogar der Sache eher dienlich.

Vier Tage und vier Nächte Wellness, hatte er gedacht, das geht. Aber dann war diese Tombola gewesen am ersten Abend, und sie hatten ausgerechnet den Hauptpreis gewonnen. Nur vier Tage bezahlen, aber vierzig bekommen. Wellness bis zum Abwinken. Susanne war begeistert gewesen. Er dagegen ein wenig reserviert. So viele Anwendungen, hatte er mit mildem Spott gelästert, könne ein einzelner Körper doch gar nicht durchhalten. Immerhin hatte er augenblicklich wenigstens überhaupt die Zeit, ein solches Angebot annehmen zu können, weil seine Firma ihn in der anhaltenden Finanzkrise für zwei Monate freigestellt hatte. Und die Umgebung lud zudem noch zum Wandern ein – was die Tage und Wochen abwechslungsreicher machen würde. Wenn das Wetter allerdings so blieb wie es am Abend begonnen hatte, würde man keinen Fuß mehr vor die Tür setzen können. Das war kein Regen mehr gewesen. Das war nach und nach zu einem einzigen, massiven Wasserfall geworden. Wie aus tonnengroßen Kübeln schüttete es vom Himmel. Und auch als er mitten in der Nacht wach geworden war, hatte er gehört wie die Tropfenflut gegen die Scheiben des Fensters schlug, wie sich die Pfützen auf dem Hotelparkplatz, über dem ihr Balkon lag, plätschernd weiter füllten, und die Feuchtigkeit war sogar irgendwie ins Zimmer gekrochen. Mit einem kalten Schauer auf dem Rücken hatte er dem monotonen Rauschen dieser Himmelsflut eine Weile gelauscht, die Decke bis zu den Ohren gezogen. Erst nach einer ganzen Weile war er wieder eingeschlafen.

Als er dann am Morgen die Augen aufschlug, hatte sich das Wetter nicht geändert. Nicht einmal halbhell drang die Morgendämmerung ins Zimmer, weil der Himmel weiterhin aus nichts als einer dunklen Wolkenmasse bestand, die sich leerte und leerte. Und das Zimmer schwankte.

Er sah zu Susanne. Sie schlief ruhig atmend wie ein Baby. Sie hatte den besten Schlaf, den er jemals bei einem Menschen beobachtet hatte. Unerschütterlich. Vielleicht, dachte er, war dieses Schwanken ein besonderes Schmankerl des Hotels so wie in manchen Action-Kinos die Sessel wackeln können und so. Schließlich war das Hotel einem Schiff nachempfunden, und die Fenster waren Bullaugen, wenn auch größer als auf einem richtigen Schiff. Sollte ihnen vorgegaukelt werden, dass sie auf großer Fahrt waren? Lächerlich. Trotzdem schwang er sich aus dem Bett und trat ans Bullauge, um einen prüfenden Blick nach draußen zu werfen. Er traute seinen Augen nicht. Bis zum Horizont gab es nichts als Wasser. Ein Meer. Sie waren auf hoher See. Wirklich! Er stürzte aus dem Zimmer und stürmte die Schiffstreppe hinauf an Deck. Im Vorbeihuschen meinte er ein Plakat wahrzunehmen, das mit dem Klimawandel für Entdeckungsreisen der besonderen Art warb. Naja!

Oben angekommen erwartete ihn die nächste Überraschung. Man konnte es nicht anders formulieren: Er war mitten in einem Zoo gelandet. Trotz des Dauerregens tummelten sich Exemplare verschiedenster Tierarten auf dem Schiff, kauten, mümmelten und glotzten ohne Verständnis für ihre Lage über das Meer. Immer zu zweit waren sie: ein Nashornpaar, ein Zebrapaar, Orang-Utans und

Warzenschweine, Frösche und Flusspferde, Füchse und Faultiere. Sie schienen nicht beunruhigt. Im Gegenteil. Im Heckbereich des Schiffes bestieg ein Eselhengst gerade seine Stute. Die Bonobo-Affen machten es ununterbrochen. Die übrigen Pärchen genossen ganz offensichtlich ihr Frühstück und ließen sich vom miesen Wetter die Laune nicht verderben. Ein Elefant trompetete fröhlich eine Fanfare in den tristen Himmel, ein Schaf blökte fast eine Melodie in den Wind, ein Tiger fauchte einen heiseren Rhythmus durch den Regen und die verführerische Stimme einer Frau fragte flüsternd in sein Ohr, ob ihr die Überraschung denn wohl gelungen sei. Es war die Stimme von Susanne. Was für ein Wetter, flötete sie übertrieben betroffen, und mit einem Lächeln aus „Tausend und einer Nacht" nahm sie ihn bei der Hand, hauchte einen Kuss auf seine Lippen und zog ihn sanft, aber bestimmt zurück in die Kabine.

VORFREUDE

Angefangen hatte es vor gut einem Jahr. Es war lediglich eine Einladung zum Abendessen gewesen – in ein Restaurant mittlerer Güte. Nichts Großes also. Nichts, auf das man sich besonders gefreut hätte. Ein Ereignis, das den Alltag mit einer kleinen Attraktion unterbricht. Mehr nicht. Seine Vorfreude war also von leichter Art gewesen. Sie hatte am Nachmittag begonnen und sich gegen Abend hin eher gemäßigt verstärkt. Kurz bevor er allerdings seine Wohnung hätte verlassen müssen, um sich auf den Weg zu machen, hatte ihn eine plötzliche Eingebung aufgehalten. Was, hatte er sich gefragt, wenn das Essen nicht schmecken würde? Oder ihn die tödliche Langeweile überfiel, die er üblicherweise bei Themen empfand, über die man im erweiterten Freundeskreis an so einem Abend plaudert? „Was machen die Kinder?" „Wie fährt Dein neues Auto?" „Ist es nicht schrecklich, dass Hans und Gertrud sich getrennt haben?"

Nach all den Jahren mit den immer gleichen Geschichten, in denen nur gelegentlich die Protagonisten noch wechselten, saß er nur allzu oft im Grunde völlig desinteressiert daneben und lächelte und nickte geistesabwesend hinein in diesen Redeschwall von Unwichtigkeiten. Nein, entschied er, an diesem Abend nicht. Diesmal wollte er die kleine Vorfreude vor einer später zerstörerischen, rauen Wirklichkeit bewahren. Er freute sich sogar ein wenig über diesen Entschluss, einfach daheim zu bleiben und damit einer möglichen Enttäuschung entgangen zu sein. Eine Belohnung der Vorfreude war das – wenn auch ganz anders als erwartet.

Das jedenfalls war der Beginn gewesen einer Entwicklung, die ihn letztlich hatte vereinsamen lassen. Denn mehr und mehr hatte er im Laufe dieses Jahres die Erkenntnis gewonnen, dass der Spruch „Vorfreude ist die schönste Freude" unbedingt richtig war und die Erkenntnis unbedingt erhaltenswert. Nichts konnte die gute Laune noch steigern, die mit der Vorfreude verbunden ist, die sogar wissenschaftlich belegt, tief greifende physiologische Veränderungen im Körper hervorruft, die sogar Krankheiten heilen können. Warum also sollte er die Wirkung dieser Art „Medikament" mindern oder gar zerstören?

Das hieß aber logisch und konsequenterweise, allen möglichen Enttäuschungen aus dem Weg zu gehen. Und so war er Theaterabenden ferngeblieben. Am Ende sogar, wenn er sich selber die Karten im Vorverkauf besorgt hatte. Er hatte Einladungen zu Geburtstagsfeiern angenommen, nur um kurz zuvor – ganz kurz zuvor – wieder abzusagen und nur die Freude auf die Feiern zu genießen – ungetrübt. Er schmiedete Urlaubspläne – mit der insgeheim fast diebischen Freude, dass er den Urlaub nie antreten würde, um nicht von einem versprochenen, aber gar nicht vorhandenen Meerblick enttäuscht werden zu können. Am Ende des Jahres saß er oft vor dem Telefon, wenn es klingelte und freute sich ganz schlicht, dass da jemand versuchte, ihn anzurufen. Warum um alles in der Welt hätte er das Gespräch annehmen sollen? Wahrscheinlich war es sowieso nur die Seifenstimme irgendeines Telekommunikationsunternehmens, die ihm zum x-ten Mal ein neues Handy-Flatrate-Festnetz-Super-Fernseh-Digital-Receiver-Angebot machen wollte. Oder, noch schlimmer, eine Bekannte war dran, die wissen wollte, was die Kinder machten oder sein neues Auto, oder was er davon hielt, dass Hans und Gertrud sich getrennt hatten. Nein, nicht mehr mit ihm. Voller Vorfreude saß er vor dem verheißungsvoll klingelnden Telefon, bis der Anrufer wieder auflegte und ihm damit eine mögliche Enttäuschung ersparte.

Das ging eine Weile so dahin, bis ihn ein neues Dilemma erwischte mit der Tatsache, dass er begonnen hatte, sich auf die ständigen Entsagungen zu freuen. Zwar mündete diese Art Vorfreude planbar in ein positives Ergebnis, erfuhr damit allerdings auch keine Steigerung mehr und hielt keine Überraschung mehr bereit oder gar ein Geheimnis. Es war immer die gleiche Vorfreude, die ja nur um das Prozedere kreiste und nie um eine Tat. Außerdem war er zu intelligent, um sich solcherart dauerhaft austricksen zu können. Nach und nach war so die ständig garantierte Erfüllung ein Freudekiller geworden und hatte ihn letztlich in ratloser Melancholie zurückgelassen, die in den letzten Monaten gar depressive Züge angenommen hatte. Eine schleichende Vergiftung kroch in seinen Geist hinein, auf die man sich nun wirklich nicht freuen konnte. Er brauchte dringend ein Antidot. Eine neue, zweifellose Vorfreude, die ihre medikamentös-heilende Kraft entfalten würde wie die, die er eine Weile so perfekt instrumentalisiert hatte. Ein neuer Trick musste her, dachte er, als das Telefon klingelte. Ein ganz klein wenig freute er sich, dass da wieder jemand versuchte, ihn anzurufen. Vielleicht, dachte er, mache ich es eine Weile wieder wie jeder andere auch. Er zitterte ein wenig bei dem Gedanken an diesen eher traditionellen Trick. Neun Klingeltöne lang zitterte er. Dann fasste er all seinen Mut zusammen und nahm das Gespräch an. Es war die Seifenstimme eines Telekommunikationsunternehmens, die ihm ein neues Handy-Flatrate-Festnetz-Super-Fernseh-Digital-Receiver-Angebot unterbreiten wollte. „Klasse", rief er mitten hinein in diese Leiertirade. „Wunderbar! Nehme ich!" Und im selben Augenblick, als die Seifenstimme einen rauen Knick bekam ob dieser unerwarteten Reaktion, spürte er eine ungeheure Vorfreude in sich aufkommen auf all die versprochenen Dinge, die sein Leben erleichtern und angenehmer machen würden. Er wurde regelrecht durchflutet von Freude, und neue Anteilnahme am Leben keimte in ihm auf. „Sagen Sie, liebe Frau", dröhnte er ins Telefon, „kennen Sie eigentlich Hans und Gertrud?" „Ja, ehh, also…" Der Seifenstimme war die aufgesetzte Contenance nun völlig verlorengegangen. Nach einer kleinen stillen Pause klickte es. Die junge Frau hatte aufgelegt. Macht nichts, dachte er, es gibt viel zu tun.

Und dann reservierte er sich einen Platz in seinem Lieblingsrestaurant, kaufte im Internet ein Ticket für die abendliche Theatervorstellung und buchte voller Vorfreude einen einwöchigen Urlaub am Mittelmeer.

∽

VIRILES KLIMAKTERIUM

Ich war voller Energie. Der 50. Geburtstag lag jetzt, im November, gut vier Monate zurück, und entgegen meiner vorsichtigen Befürchtung, dass danach alles ein wenig bergab gehen könnte, fühlte ich mich frischer und jünger denn je. Außerdem hatte ich hier auf der Insel vor dem großen Badezimmerspiegel meines Apartments entdeckt, dass man, wenn man in der Dämmerung auf künstliches Licht verzichtete und nur dem ehrlichen Schimmer der Nordsee vertraute, der durch das Dachfenster ins Bad fiel, sich dann dem Spiegel in einem quasi spitz-stumpfen Winkel präsentierte, dabei leicht in den etwas schummerigen Teil des Bades zurückweichend wenig, ganz wenig nur die Luft in Höhe des unter sanften Wellen verborgenen Sixpacks einzog, um sie in den gewaltigen Brustkorb zu pumpen und dabei wie zufällig den Bizeps anspannte, dass man dann nichts sah als die volle Spannkraft der Natur.

Nun hatte ich die unter einem Trainingsanzug verborgen, um meinen ersten Insellauf zu gestalten. Die Karte wies den Weg zum Leuchtturm im Südosten und zurück in meinen Nordwesten mit einer Gesamtlänge von sieben Kilometern aus, was, so errechnete ich lässig, bei einem mittleren Joggingtempo in einer Dreiviertelstunde erledigt sein würde. Verlaufen konnte man sich nicht. Der Zuckerpfad – so hieß der Weg – hatte die Nummer 2 und war ausgeschildert.

Ich ging die Strecke verhalten forsch an, wie es meine Art ist. Leicht gezügeltes Draufgängertum gepaart mit einer weisen Weitsicht, die sich die Kräfte einzuteilen versteht.

Recht flott ging es voran. Ein kühler, heiterer Wind vom feinsandigen Nordstrand her blies mir kräftig in den Rücken, sodass ich den Leuchtturm, der auf einem Hügel in den Himmel ragte, bald auf mich zufliegen sah. Möwen kreisten, Krähen krähten, Wegweiser flogen vorbei. In exakt zweiundzwanzigeinhalb Minuten hatte ich den Turmhügel erreicht und hechtete die Stufen hinauf zum Turm.

Jetzt hatte ich den Blick bis zum Festland im Süden, von wo mir große, schlanke Leute fröhlich zuwinkten. Vom Wattenmeer dazwischen wehte mich – nur für wirklich gute Ohren wahrnehmbar – das musikalische Leitmotiv von „Rocky" an. Ich riss die Arme in die Höhe – zugegebenermaßen für einen 50-Jährigen eine etwas alberne Geste. Das Nordic-Walking-Paar mit den lächerlichen Skistöcken zeigte lächelnd Verständnis. Nette Leute hier – überall. Und die Luft doped die Adern mit EPO der reinsten Sorte. Also: einmal rum um den Turmsockel und dann die gleiche Strecke zurück. Den Hügel hinab legte ich sogar ein wenig zu, obwohl der heitere Wind vom Nordwesten mir jetzt ins Gesicht blies. Eine frische, klare Herausforderung, die in noch einmal genau zweiundzwanzigeinhalb Minuten bewältigt sein wollte. Am Fuß des Turmhügels bog ich ein in den vertrauten Pfad, der natürlich in der jetzt gelaufenen Gegenrichtung anders aussah als auf dem Hinweg. Auch den ganzen nächsten Kilometer sah der Weg anders aus. Ganz anders. So viele Dünen waren zuvor nicht da gewesen. Aber, mutmaßte ich, wahrscheinlich waren es Wanderdünen.

Immer leicht bergan ging es weiter, obwohl ich mich nicht erinnern konnte, auf dem Hinweg bergab gelaufen zu sein. Immer den kalten, jetzt doch etwas unangenehmer werdenden Wind auf der mächtigen Brust, blieb ich im Rhythmus, der die Kraft für eine wohlkalkulierte Rückkehr garantierte.

Einen weiteren Kilometer weiter – oder waren es schon zwei – wunderte ich mich wohl über den Pfeil mit der Drei auf der Kiefer am Wegesrand, wusste aber aus Erfahrung gleichwohl, dass manche Pfade auf Inseln auch mal für eine Zwischenstrecke parallel geführt werden. Die trennen sich dann wieder, und dann ist man wieder sicher auf seinem Weg. So auch hier. Nur trennte sich hier der Weg an einer Gabelung mitten in den Dünen auf in Drei und Vier. Karl Mays Geschichte von Wüstenreisenden im Llano Estacado kam mir in den Sinn. Wegelagerer steckten die Stöcke, die zur Kennzeichnung eines sicheren Pfades aufgerichtet worden waren, kurzerhand um, sodass sie direkt in die Öde führten. Dort verdursteten die verführten Trotteltouristen in der unerträglichen Hitze und waren leichte Beute. Hatte man hier auf der Insel einfach die Nummern vertauscht? Im Gegensatz zum Llano Estacado brannte allerdings keine Sonne vom Himmel. Aus dem kam lediglich der kalte Scheißwind, der jetzt ab und zu, nadelstichartig, den Scheißsand in mein Gesicht schleuderte. Doch während die Beutemenschen bei Karl May irgendwann in Panik gerieten, reagierte ich kühl und abgeklärt, wie es meine Art ist. Ich kehrte um, um nach kurzer Zeit an der falsch genommenen Abzweigung die richtige wählen zu können. Auch dass der Wind diesen Plan einmal wieder von hinten unterstützte, gab meiner Entscheidung recht. Mittlerweile war die angesetzte Dreiviertelstunde um, was mich allerdings nicht weiter beunruhigte, denn ich war längst nicht an meinen Reserven angekommen. Nicht hier. Nicht auf dieser Insel! Zwar rann mir der Schweiß in Bächen Stirn und Rücken herab. Aber im Grunde war das ein gutes Zeichen. Der trainierte Sportler schwitzt viel.

Das Schild „Hafen" lies ich links liegen, das Schild „Golfplatz" rechts. Oder war es umgekehrt? Noch eine Kurve und noch eine, dann musste ja wohl der Hinweis auf den Nordstrand auftauchen, von dem ich gestartet war. Und da sah ich auch schon das Meer. Und Menschen, die übers Wasser gingen. Übers Wasser? Nein, die Gruppe machte eine Wattwanderung. Ich war südlicher als je zuvor.

Jeder andere wäre jetzt wahrscheinlich der Verzweiflung nahe gewesen. Hätte an sich gezweifelt. An seinem Verstand. So auch ich. Kein Wunder, dachte ich, dass sich die Nummern der Wege irgendwo tief in meinem von Altersdemenz zerfressenen Hirn verdreht hatten. Schon dieses Scheiß-Sudoku-Rätsel in der Fernsehzeitschrift hatte ich nicht hingekriegt. Und überhaupt wurden meine Beine jetzt schwer und schwerer. Der direkte Weg in den Nordwesten, den ich jetzt, den Süden absolut eindeutig im Rücken, eingeschlagen hatte, bedeutete auch wieder, dass mich der bitterkalte Sturm mit aller Gewalt versuchte aufzuhalten. Und während mittlerweile eineinviertel Stunden vergangen – ach, was – verlaufen, verjoggt, verschwendet waren, wurde ich wütend. Flüche entrangen sich meiner Kehle, die ich hier nicht wiedergeben kann. Ich selber hörte sie auch nicht. Der Inselorkan nahm sie ungehört mit. Ich beschloss, nach diesem Wutanfall die Atemfrequenz noch einmal zu erhöhen. Vergeblich, ich hechelte schon. Mein Tempo lag mittlerweile etwa 20 km/h unter dem von Nordic-Walkern, und dabei musste ich nicht einmal diese blöden Stöcke mitschleppen.

Nach einer Stunde und 20 Minuten kam ein selbstzerstörerisches Mitleid. War ich nicht eigentlich längst ein schwer vergesslicher, völlig vertrottelter 50-jähriger Opa, dem man normalerweise über die Pfade helfen musste. Fußgänger, die mir flotten Schrittes mit dem Wind im Rücken entgegen kamen, sahen anteilnehmend in mein Gesicht. Sie hatten wohl den Eindruck, dass ich weinte. Dabei war das nur die letzte Flüssigkeit, die mein Körper noch absondern konnte. Der Schweiß war ihm ausgegangen. Ich und weinen! Aber so sind die Leute hier: nett und blöd. Ein großer, eher gedrungener Typ, der den langen, schlanken Leuten vom Festland ähnelte, winkte mir zu. Als ich näher kam, sah ich, dass es sich um eine Windmühle handelte. Ohne meine Brille sah ich nicht mehr ganz so gut. Der Verdacht kam mir, dass die schlankeren Leute vom Festland, die mir so fröhlich zugewinkt hatten, Windkraftwerke gewesen waren, die sich im Grunde einen Dreck um einen hechelnden Greis kümmerten. Ich fügte der Diagnose meiner selbst ein „halbblind" dazu. Der Friesen-Hurrikan tobte mir mit Windstärke 13 entgegen. Ich versuchte meinen Luftwiderstandsbeiwert, der gefühlt dem eines mittelgroßen Kleiderschrankes entsprach, zu verringern, indem ich eine meiner Schultern geschickt nach vorne schob. Ich kam ins Stolpern. So ging es weiter und weiter. Längst sah ich nichts mehr. Längst hörte ich nichts mehr, außer dem um meine Ohren pfeifenden Eismistral.

Nur noch eine Minute, schwor ich mir. Eine Minute noch. Dann lässt Du Dich fallen. Lässt Dich von diesem Wind mit dem Sand zuwehen wie ein Stück totes Vieh im Llano Estacado. Aus! Vorbei! Ein alter Sack weniger, der sonst auch nur dem Sozialsystem zur Last gefallen wäre – irgendwann, bald.

„Sie sind aber lange weg gewesen", hörte ich da plötzlich eine Stimme hell im etwas nachlassenden Inselwind. Es war meine Vermieterin, die aus dem Fenster schaute. So sind die Leute hier: nett und aufmerksam. Ich war also tatsächlich zurückgekehrt. Ich hatte es geschafft – mit meiner ungeheuren Willenskraft und meiner Bärenkondition.

Gerne hätte ich meiner Vermieterin erläutert, dass ich nach dem Sprint zum Leuchtturm noch Lust bekommen hatte, in einem leichten Trablauf die gesamte Insel zu erkunden, aber ich hatte merkwürdigerweise noch nicht wieder genügend Luft für Erklärungen.

Später unter der Dusche spürte ich, wie mein geschundener Leib sanft vom Schimmer der Nordsee gestreichelt wurde. Ich hatte kein Licht gemacht. Gern hätte ich jetzt noch einmal einen Blick in den großen Spiegel geworfen, jetzt, bestimmt fünf Kilo leichter geworden. Aber der heiße Dampf vom Duschbad hatte sich auf den Spiegel gelegt wie ein Vorhang, der eine Vorstellung beendet.

WELTORGASMUSTAG

Ich weiß nicht, was man in China, in Kirgisien oder auf einer der Tongainseln lautmalerisch so von sich gibt beim Orgasmus. Vielleicht müsste man unsere Äußerungen wie „oh", „oho", „ohohoho", „oh ja" oder „oh jaja" irgendwie übersetzen, damit der Sexualpartner dort wüsste, dass alles so weit passt. Vielleicht klingt es dort aber nicht nur anders, sondern ist auch anders gemeint. Agressiver, vielleicht. Metaphorischer. Lyrischer gar. Oder umgekehrt: abgeklärter. Eher so in Richtung: „mhhmm". Ich weiß es nicht. Aber seit ich weiß, dass der Weltorgasmustag kurz bevorsteht, fühle ich mich unter Druck. Ich will multikulturell vorbreitet sein, wenn es so weit ist. Vom Herzen her bin ich mittlerweile Europäer – sowieso. Vom Verstand her Weltbürger. Da möchte ich am Ende nicht mit einem simplen, national geprägten „Oh" dastehen.

Bis vor kurzem war mein Orgasmus noch frei von irgendwelchen Botschaften, außer vielleicht der darin von gewieften Kennerinnen gleich erkannten Einordnung: „Ja, hat ihm Spaß gemacht – soweit!" Jetzt ist das zu wenig, denke ich. Die kalifornischen Friedensaktivisten, die für den 22. Dezember einen „Global-Orgasm-for-Peace-Day" ausgerufen haben, kurz „global O", wollen damit nämlich den Weltfrieden voranbringen. Und alle, alle sollen wir ran. Weltweit. Die Kombination, heißt es in ihrem Aufruf, von hochenergetischer Orgasmusenergie im Verbund mit friedlichen Gedanken soll einen größeren Effekt haben auf so etwas wie ein moralisch-energetisches Weltklima als beispielsweise frühere Massenmeditationen und Gebete, bei denen man immerhin schon Effekte gemessen haben will.

Tja, ich finde das gut – im Grunde. Warum nicht auch am 22. Dezember? Neun Monate vor dem Weltkindertag. Das wird eine Riesenfete – diesmal. Die Kreißsäle werden nur so widerhallen von den ersten frohlockenden Rufen frisch auf die Erde gesandter Friedensengel.

Auf der anderen Seite weiß ich nicht, ob der 22. Dezember wirklich so eine gute Wahl ist. So kurz vor Weihnachten geht der Feiertagsvorbereitungsstress da gerade seinem Höhepunkt entgegen. Da ist man eigentlich nicht ganz so locker drauf wie beispielsweise im Juni am Baggersee oder im August in der Toskana. Aber vielleicht tut so ein kühler Dezemberorgasmus auch ganz gut. Nur dieser Auftrag, dabei friedliche Gedanken zu denken, macht mir ein wenig Sorge. Wie sähen die aus? Soll man denken: „Westfälischer Friede 1648"? Oder geht auch: „Oh jaja, Westfälischer Friede", und dann lässt man das Datum der Einfachheit halber weg, weil man es wegen augenblicklicher Hirnabwesenheit vielleicht gerade gar nicht abrufen kann? Oder gilt das dann am Ende nicht, weil es improvisiert klingt, einfach so hingegossen?

Was wäre denn einem Weltfriedensorgasmus angemessen? Soll man denken: „Unsere Erde ist nur ein Staubkorn in den unendlichen Weiten des Universums, dem für begrenzte Zeit ein Klima geschenkt wurde – ein Weltklima – in dem wir mit unseren komischen Vorstellungen herumwerkeln dürfen, um bei genauerer Betrachtung der uns geschenkten Umstände zu erkennen, dass wir nun alle Streits und Auseinandersetzungen und besonders die Kriege ein für allemal beenden sollten und fürderhin mit unseren Brüdern und Schwestern Hand in Hand durchs Weltall segeln, alle in einem Boot!"? Das kommt mir extrem lang vor. Da müsste man wahrscheinlich schon multipel ran. Und das im Dezember!

Vielleicht müsste man einfach an alle Weltreligionen ganz schnell hintereinander denken. „Oh, mein Gott" in all seinen Facetten – sozusagen.

Und dann: Was ist der einzelne Orgasmus wert in diesem globalen „O"? Gilt der allein erzielte genauso viel wie der klassische „Missionars-O"? Ich meine, es hat ja nicht jeder einen Partner zur Hand. Darf man wegen der moralisch absolut untadeligen Integrität einer Friedensmission mal in den Puff? Was ist mit den verschiedenen Zeitzonen auf der Welt? Wenn ich meinetwegen abends um 22 Uhr meinen westfälischen Frieden mache sind die Aktivisten in Kalifor-

nien beim Mittagessen, und am Südpol auf der Amunds-
en-Scott-Station ist schon seit einem halben Tag der 23. Dezember.
Gut, ich weiß jetzt nicht, was da o-technisch so abgeht auf der
Amundsen-Scott-Station. Es dürfte dort noch mal wesentlich kühler sein als bei uns. Möglich, dass der Südpol in der an diesem Tag
entscheidenden Hinsicht sowieso vernachlässigbar ist. Trotzdem:
Wenn ich gleich nach dem Aufwachen Friedensgedanken hege –
und das kommt durchaus vor – ist in San Francisco noch der 21.
Dezember. Das passt doch hinten und vorne nicht.
Gut möglich aber auch, dass ich mal wieder einfach nur in der
„Meckerecke" feststecke. So ist er, der alte Europäer, dieser Al-
les-Hinterfrager, dieser Nörgler und Hemmschuh, dieser Querden-
ker und Verhinderer. Zerquatscht und verzaudert alle einfachen
Ideen bis die Menschheit ausgestorben ist, weil sie nicht mal mehr
zum Orgasmus kommt. Dabei ist das endlich und wahrhaftig die
erste Massenbewegung, der ich mich eigentlich ohne Vorbehalte
anschließen könnte. Der Ami, von dem diese simple Spaßidee mal
wieder kommt, würde wahrscheinlich sagen: „Nickt so viel denken!
Macken wir einfach alle ‚O'!"